Adolf Friedrich von Schack

Die Pisaner

Trauerspiel in 5 Akten

Adolf Friedrich von Schack

Die Pisaner

Trauerspiel in 5 Akten

ISBN/EAN: 9783743696983

Hergestellt in Europa, USA, Kanada, Australien, Japan

Cover: Foto ©Andreas Hilbeck / pixelio.de

Weitere Bücher finden Sie auf **www.hansebooks.com**

Personen.

Ugolino, Graf von Gherardesca, erwählter Oberherr der Republik Pisa.
Cornelia, seine Gemahlin.
Guelfo, 20 Jahre alt,
Gaddo, 17 Jahre alt,
Ugo, 16 Jahre alt,
Anselmo, 15 Jahre alt,
} seine Söhne.
Ruggieri, Erzbischof.
Ato, sein Sohn, angeblich sein Neffe, 20 Jahre alt.
Daniele, sein Vetter.
Lanfranchi, Aeltester im großen Rath,
Sismondi,
Gualandi,
} Häupter der Ghibellinen.
Marco Lombardo, ein Greis.
Uppezinghi, in Ugolino's Diensten.
Ein Gesandter der Republik Genua.
Zwei Bürgermeister. Mitglieder des großen Raths. Vornehme Pisaner. Arbeiter. Diener.

Erster Akt.

Garten. Vorn zur Seite eine Laube. Im Hintergrund die Villa des Ruggieri.

Erste Scene.

Gualandi. Ein Diener. Dann Lanfranchi und Sismondi.

Diener.

Verzieht ein wenig, Herr! Der Erzbischof
Wird nach der Vesperandacht hieher kommen.

(Diener ab. Gualandi setzt sich in die Laube. Lanfranchi und Sismondi kommen aus der Villa.)

Sismondi.

Bei Gott! Nie mehr betret' ich seine Schwelle.
Ich sagt' es Euch voraus, es sei umsonst,
Mit ihm zu reden. Nicht derselbe mehr,
Wie früher, ist Ruggieri. Beten nur
Und Litaneien plappern kann er noch.

Lanfranchi.

Wahr ist's, ihm scheinen Geist und Kraft gebrochen.

Sismondi.

Wozu daher mit unsrer Schilderhebung
Um seinethalb noch warten? Furchtbar gährt
Der Zorn auf Ugolin im Volk und wird

Als Aufruhr bald in hellen Flammen lodern;
Wie könnten wir da ruhig bleiben?

Lanfranchi.
Freund!
Ihr seid der alte Hitzkopf. Jeder Aufstand,
Dem nicht der Erzbischof als Stütze dient,
Muß, glaubt mir, hingeschmettert wie ein trunk'ner
Cyklop zu Boden sinken.
(Gualandi erblickend und mit Sismondi auf ihn zutretend.)
Seht Gualandi!
Seid nochmals nach so langem Fernesein
Von Herzen uns gegrüßt!

Gualandi.
Ihr alten Freunde!
Vorhin bei meiner Heimkehr sah ich Euch
Nur kurz; daher erfreut es doppelt mich,
Euch jetzt zu treffen.

Lanfranchi.
Auf den Erzbischof,
So scheint es, wartet Ihr.

Gualandi.
Mein erster Gang
Galt ihm; doch seltsam ist es, daß er zögert,
Mich zu begrüßen.

Lanfranchi.
Unterdeß erzählt,
Wo Ihr so lang geweilt!

Gualandi.
Seit diese Stadt
Den Ugolin und Nino von Gallura
An ihre Spitze rief, und mich wie Euch

Und alle Ghibellinen in den Bann trieb,
Kämpft' ich im Morgenland, bis jetzt die Kunde
Vom Sieg der Unsern mich zurückrief.

    Lanfranchi.
        Schlecht
Kennt Ihr den Stand der Dinge. Manches ist
Gescheh'n, indeß Ihr auf dem Meere schwebtet.

    Gualandi.
Schon hört' ich dies und das davon, allein
Verworrnes nur.
    Lanfranchi.
     Vernehmt! Drei Jahre lenkten
Nino und Ugolin vereint das Steuer,
Das unsern Staat durch die geschwoll'ne Brandung
Der Zeiten führen soll — leicht denken könnt Ihr
Den steten Zwist der Zwei. Um von dem läst'gen
Theilhaber der Gewalt sich zu befrei'n,
Schloß Ugolino mit uns Ghibellinen
Ein Bündniß, aus der Fremde kehrten wir,
Und Nino ward gestürzt. An seine Stelle
Trat dem Vertrage nach der Erzbischof
Ruggieri, um mit Ugolin gemeinsam
Die Republik zu leiten.

    Gualandi.
     Nun, bei Gott,
Ein selt'nes Paar, die beiden lang und tief
Entzweiten Feinde!

    Lanfranchi.
     Insgeheim, versteht,
War unsre Hoffnung, daß der Erzbischof
Den Gegner stürzen würde — weit gefehlt!

Im Stadtpalast war schon das Volk versammelt;
Ruggieri stand bereit, mit seinem Schwur
Die neue Würde zu besiegeln: plötzlich
Tritt Ugolin, umringt von Söldnern, ein,
Mißt stolzen Blick's den Erzbischof und spricht:
„Was soll dies Possenspiel? Ich will allein
In Pisa Herr sein; mische sich der Priester,
Der nie das Schwert geführt, nicht in mein Amt!"

Gualandi.
Und das ertrugt Ihr ruhig?

Sismondi.
O! hör' weiter,
Um über uns're Lammsgedulb zu staunen!

Lanfranchi.
Bei jenen Worten lief durch uns're Reihen
Ein Murmeln der Entrüstung — aber von
Dem Mund des wankelmüth'gen Volks erscholl
Ringsum der Ruf: „Hoch Ugolin! Er herrsche
Allein!" Inzwischen wandte jedes Auge
Sich auf Ruggieri. Lang stand dieser stumm —

Gualandi.
Zog aber dann, Euch Alle um sich schaarend,
Das Schwert, drang auf den Treuvergess'nen —

Lanfranchi.
Nichts
Von allem dem: er trat gebeugten Haupts
Zu ihm hinan und sprach mit sanftem Ton:
„Nur auf den Wunsch des Volks war ich bereit,
Die Lasten dieses Amts mit Euch zu theilen;
Ihr glaubt allein Euch stark genug für sie,
So tragt sie denn allein! Und denkt mit nichten,
Ich sei gekränkt; Dank schuld' ich Euch vielmehr,

Daß Ihr so schwere Bürde von mir nehmt;
Laßt, Graf, uns durch ein äuß'res Zeichen auch
Die Freundschaft kund thun, die fortan uns zwei
Verbinden soll." So sprechend schloß Ruggieri
Den Ugolino zärtlich in die Arme,
Drückt' einen Kuß auf seine Stirn und ging.

Gualandi.
Ihr wollt, ich soll an Märchen glauben.

Sismondi.
Glaubt,
Da dies gescheh'n, an jede Fabel; hier
Erlebten wir, was alle Wunder austilgt.
Seit jenem Tag herrscht Ugolin allein
Und unumschränkt; er lenkt den großen Rath
Am Draht wie Puppen; seine tolle Kriegswuth
Wird diesem Volk zur Scorpionengeißel,
Da der Genuesen Flotte jedes Schiff
Auffängt, das uns Getreide bringen soll,
Und da fünftausend Bürger Pisa's fort
Und fort in Genua als Gefangne schmachten.
Wir aber sind ihm wahrlich sehr verpflichtet,
Daß er uns gnädig noch in Pisa duldet.

Gualandi.
Und bloß bei dem Gedanken kocht Euch nicht
Das Blut? Ein Welfe, Ugolin, Eu'r Herr?
Vergaßt Ihr denn, was wir von ihm erlitten?
War Eu'r Geschlecht nicht längst berühmt, als noch
Sein Ahnherr in den Windeln lag? Wie mochtet Ihr
Euch einem Gherardesca unterwerfen?

Sismondi.
Lanfranchi frage! Ich weiß keine Antwort.

Lanfranchi.
Die Klugheit rieth uns, so zu thun. Ich hasse
Den Ugolin als Feind; doch wer kann läugnen:
Er ist ein Mann von hohem Geist und Streben,
Zum Herrschen wie geboren. Zucht und Ordnung
Schuf er, wo wilde Banden lang getobt;
Und daß er, die Parteiwut bändigend,
Pisa aus der Zerrüttung, dem Verfall
Aufrichtet, ja die Blicke weiter wirft,
Um das zerriss'ne Land Italien
In Eins zu schweißen, hat ihm manchen Gegner
Versöhnt. Das Volk war Anfangs ganz für ihn;
Erscholl gebiet'risch seiner Stimme Donner,
Indeß wie Blitz durch Wetterwolkennacht
Sein Auge leuchtete, so stand die Menge
Starr, wie gebannt. Mit einem Wink, wohin
Er wollte, lenken konnt' er sie. Jetzt stützt
Ein Heer von Söldnern seine Macht; was also,
Ich bitte sagt! vermochten, was vermögen
Wir wider ihn, so lang der Erzbischof,
Der Einz'ge, der an Reichthum ihm und Ansehn
Gleich kommt, sich von uns fern hält?

Sismondi.
Hofft von dem
In Zukunft nichts! Was Ugolin auch thut,
Ruggieri heißt es gut. Doch reden wir
Von unserm Bündniß ihm, so sagt er kurz:
„Krank bin ich, schwach und schon dem Tode nah;
Was kümmern mich die Händel dieser Welt?"
Kein Crucifix ist in der Stadt, vor dem er
Nicht täglich kniete; auf der Straße, wo
Sich Arme stets um seine Sänfte drängen,
Trägt ihm ein Diener Säcke nach, aus denen
Er rechts- und linkshin Geld in das Gewühl

Verstreut — glaubt mir! als Heil'gen wird das Volk
Ihn bald verehren, doch zum Bund'sgenossen
In uns'rer Sache taugt St. Simeon
Der Säulensteher besser noch als er.

Gualandi.

Ihr fabelt! Aber sei es wie es will;
Wenn nicht sein Wille — die Gewalt der Dinge
Wirft ihn zu uns herüber. Ghibellin
Wie wir, von Ugolin bis in den Tod
Gekränkt, wird er mit uns, durch uns
Die große Rache suchen, die allein
So viele Wunden heilen kann. Sogleich
Red' ich mit ihm.

Ein Diener (auftretend).
Der Erzbischof!

Lanfranchi.
Versucht

Eu'r Glück mit ihm! wir lassen Euch.

(Lanfranchi und Sismondi ab. Ruggieri, ein Gebetbuch in der
Hand haltend, tritt auf.)

Zweite Scene.
Ruggieri. Gualandi.

Ruggieri (zu Gualandi).

Gott segne Dich, mein Sohn! Ein wicht'ger Fall,
So nehm' ich an, führt dich hierher, sonst würdest
Du mich nicht in der Andacht stören. Sprich,
Wer bist Du?

Gualandi.

Seltne Frage, Erzbischof!
Ich glaubt' Euch mehr als blos bekannt zu sein.

Ruggieri.
Die Augen sind mir halb erblindet; Krankheit
Und Alter haben das Gedächtniß mir
Geschwächt.
Gualandi.
Erkennt Ihr den nicht mehr, der lang
Mit Euch im Ghibellinenrathe saß?
Ruggieri.
Seitdem der Herr erbarmungsvoll den Sinn
Mir für sein Gnadenreich erschlossen hat,
Ist die Erinn'rung an den Weltverkehr
In mir erloschen.
Gualandi.
Wohl, so nenn' ich mich
Euch selbst; Gualandi bin ich, der zu Euch,
Ruggieri, kommt, um Euch zu fragen, ob
Ihr wiss't, was böse Zungen von Euch flüstern,
Daß Ihr von denen, die durch alte Bande,
Durch Eid und Schwur mit Euch vereinigt sind,
Euch lossagt und dem Erzfeind unser Aller
Den Weg bahnt —
Ruggieri.
Lang vergess'ne Dinge das,
Für die kein Platz in meiner Seele ist.
Weß Auge immer in den Himmel schaut,
Wo bald die Heil'gen ihm den Sitz bereiten,
Dem haftet nicht der Blick an Zwist und Feindschaft
Der Menschen mehr; wie Christus und die Kirche
Es lehren, führt er solche, die ihn hassen,
Mit Liebe auf den rechten Pfad zurück.
Gualandi.
Ich sag's Euch grad heraus, Ruggieri! nicht
Um Predigten zu hören komm' ich, nein,

Zu fordern, daß Ihr wider Ugolin,
Den Schurken, der mit Treubruch Handel treibt,
Gemeine Sache mit uns macht.

Ruggieri.
Was schmähst Du ihn? Er ist ein wack'rer Mann,
Und ihm vor Allen dank' ich, daß ich ganz
Mich nun dem Himmel weihen kann.

Gualandi.
       Mir ist,
Als schwankte unter mir der Boden. Bin
Ich noch ich selbst? — Noch einmal, Erzbischof —

Ruggieri.
Zum Messelesen ruft mich jetzt mein Amt
Nach San Frediano. Gott mit dir, mein Sohn!

Gualandi.
Was soll ich denken? Alles was er sagt
Zeigt Stumpfsinn an! Allein auch ohne ihn
Vermögen wir zu handeln.
    (Laut)
      Erzbischof,
Gehabt Euch wohl!

Ruggieri.
  Der Herr geleite Dich!
(Gualandi ab.)

Dritte Scene.

Ruggieri (allein).
O geht mir, geht, Ihr matten, halben Seelen,
Pygmäen Ihr im Hasse! Eure Hülfe
Soll nicht mein Werk entweihn! Gebieten, herrschen,
Vielleicht, wenn's hoch kommt, Euren kleinen Groll
In kleiner, lauer Rache stillen, das

Ist Euer Trachten, und auf off'nem Markt
Verkündet Ihr's — unschuld'ges Kinderspiel,
Das Keinen mit Gefahr bedroht. Nein geht!
Nichts mit dem Euern hat, Ihr Niedrigen,
Der Haß gemeinsam, der mit laut'rer Flamme
In meinem Herzen brennt. Als Heiligthum
Bewahr' ich ihn, in das kein Blick von Euch
Mir spähen darf. Was gilt mir Macht, was Herrschaft?
Nur Rache will ich, ganze, volle Rache,
Die in den Schooß wie eine reife Frucht
Mir fallen soll; mich ganz an ihr zu sätt'gen,
Vollbring' ich sie allein, ich ganz allein
Mit jenem Einen, den ich mir zum Helfer
Erzog — und Eurer Keiner soll mit mir
Die Wollust des Vollbringens theilen.
(Daniele tritt auf.)

Vierte Scene.
Ruggieri. Daniele.

Ruggieri.

Schnell!
Bringst Du von Ato Nachricht?

Daniele.

Nichts von ihm,
Doch sonst erwünschte Botschaft. Nächstens schon
Schickt Genua einen Friedensunterhändler.
Auch hat Eu'r Gold alldort gewirkt. Ein Schließer
Der Kerker, d'rin die edelsten Pisaner
So lang schon schmachten, ist bereit gewesen,
Das Schloß zu dem Gefängniß des Lombardo
Zu öffnen —

Ruggieri.
Des Lombardo? Habe Dank!

Daniele.
Der Flüchtling ist in Pisa schon und wirbt
Von Haus zu Haus die Herzen für den Frieden,
Das Elend schildernd, welches seine Brüder
In unterird'schen Zwingern fern von Luft
Und Sonne tragen. Trocken bleibt kein Auge
Bei dem, was er erzählt.
Ruggieri.
Nochmals hab' Dank!
Lang' hofft' ich dies. Wenn allgemeiner Ruf
Von Groß und Klein den langersehnten Frieden
Mit Genua ertrotzt, und die gefang'nen
Pisaner in die Heimath wiederkehren,
So ist auch Ugolin gestürzt; denn Alle,
Die bei Meloria in der Genuesen
Gewalt geriethen, die Pandolfi, Bardi,
Visconti, Pucci, Albobrandi sind
Zum Tod ihm Feind und keinen Tag mehr kann
Er sich behaupten, wenn sie frei geworden.

Daniele.
Dumpf gährt's im Volk; schürt kurz Lombardo noch
Die Glut, so flammt der Aufruhr hell empor.
Schon insgeheim bereiten sich die Führer,
Sich der St. Martinshöhe zu bemächt'gen.

Ruggieri.
Der Martinshöhe, wo die Vorrathshäuser
Und großen Scheuern steh'n? Ja, wenn den Platz
Man inne hat, so ist man Herr der Stadt.

Daniele.
Lombardo, sagt man, haßt den Ugolin
So grimmig, daß, wenn er ihn nennen hört,
Am ganzen Leib ihn Zittern überfällt.

Ruggieri.
Und wer von denen, die in Genua seufzen,
Haßt minder ihn? Litt ihrer Jeder nicht
Von ihm und seinen Welfen Unbill, als
Er uns're Burgen schleifte, uns're Felder
Verwüstete? — Auch Deiner Ahnherrn Schloß
Ward da von ihm der Erde gleich gemacht;
Im Kampfe, mir zur Seite, fiel Dein Vater
Von Welfenhand und sprach zu mir im Sterben:
„Nimm meinen Sohn zu Dir! Nicht Gut und Habe,
Die Rachepflicht nur hinterlaß' ich ihm;
Du sorge, für sein Amt ihn zu erziehn!" —

Daniele.
Oft habt Ihr mich daran gemahnt.

Ruggieri.
Und oft
Sollst du es hören noch, bis der Bericht
Dir ganz das Blut zu Galle kocht. Seit das
Gescheh'n, was damals wir erlebten, sind,
Glaub' mir, Treubruch, Mordlust, Unmenschlichkeit
Zu Tugenden geworden; wer von Mitleid
Noch spricht, Verräther nenn' ich den, auch wenn er
Nicht so wie Du von meiner Blanca weiß.
Du schweigst? was hast Du?

Daniele.
Daß Graf Ugolin
Sein Haupt verwirkt hat, weiß ich, doch mir scheint,
So sehr kann man nicht staunen, wenn er Euch
Um jener schönen Blanca willen grollte;
Denn war er nicht zuerst mit ihr verlobt?

Ruggieri.
Verlobt?
Gezwungen hatte sie sich in das Band

Gefügt — wenn das verlobt sein heißt, nun ja
So war sie's ihm; doch sie zerriß die Fessel
Und wurde mein, ganz mein. Da eben nun
Sie mir ein Pfand der Liebe schenken sollte,
Traf mich von Ugolin der Bann; zur Nachtzeit
Ward von Gewaffneten mein Haus umringt,
Sie warfen Feuer auf das Dach — —

Daniele.
Laßt das!
Wozu den alten Schmerz erneu'n?

Ruggieri.
Daniele,
Denk, wie, emporgeschreckt vom Flammenprasseln,
Ich in die Wintersturm-durchheulte Nacht,
Das kranke Weib auf meinen Armen, floh!
Wie gleich gehetztem Wild die rohen Söldner
Uns jagten, bis ich mit der halb Entseelten
Erschöpft hinsank!

Daniele.
Genug! ich fühle was
Ihr littet.

Ruggieri.
Dort auf einem Bett von Schnee
Gebar die Unglückfel'ge einen Sohn;
Sie selbst, den Odem in die eis'ge Luft
Verhauchend, starb; und ich, an ihrer Leiche —
Glaub mir, Daniele! — würd' auch ich das Leben
Hinweggeworfen haben, wenn das Kind
Des Schmerzes und der Liebe, das vor mir
Auf frosterstarrtem Boden wimmerte,
Mich an die Welt nicht noch gebunden hätte.
Mit ihm, mit meinem Ato, zog ich dann
Hinweg, und im Erlöschen leuchtete

Mein flammender Palast mir auf den Weg
In die Verbannung.

(Er verhüllt sein Haupt.)

Daniele.
Sagt, Ruggieri, wißt
Ihr für gewiß, daß Ugolin Befehl
Zu dieser Unthat gab?

Ruggieri.
Er that's, er that's,
Und wüßt' ich's nicht, daß er's gethan, ich nähm'
Es dennoch an.

Daniele.
Man pocht an's Gartenthor;
Wer mag es sein? (Ab.)

Ruggieri (nicht auf sein Abgehn achtend).
Und wenn er nun gestürzt
Vor mir im Staube liegt, wie werd' ich mich
An seiner Ohnmacht weiden, wie in's Ohr
Ihm donnern: Du hast das gethan und das
Und das! Nun sprich, wenn ich die schlimmsten Qualen,
Die je der Mensch ersonnen, auf Dich häufte,
Wärst Du damit genug bestraft? Sag, glaubtest Du,
Als ich berufen ward, mit Dir vereint
Zu herrschen, daß nach solchem Bunde mich
Gelüstete? Nein, blöder Thor, ich wollte
Am nächsten Tag Dich stürzen, wie ich wußte,
Daß Du's an mir zu thun gedachtest; Du
Kamst mir zuvor, ich wich zurück, doch nur
Um sich'rer, tiefer Deinen Sturz zu machen.
Wer, sprich, war nun der Klügere?

Daniele (zurückkehrend).

     Hört, hört!
Guelfo, der Sohn des Ugolin, ist siegreich
Vom Feldzug heimgekehrt, mit ihm Eu'r Herzblatt,
Eu'r Ato.

    Ruggieri.
   O wo bleibt er nur, der Theure,
Der Einzige?

    Daniele.
Da ist er schon.

    Ruggieri.
      Du geh'!
(Daniele ab. Ato tritt auf.)

Fünfte Scene.

Ato. Ruggieri.

    Ato.
Gott grüß' Euch, Oheim!

    Ruggieri (ihn umarmend).
     Bist Du's auch, Du Lieber?
Und unversehrt?

    Ato.
   Du zürnst doch nicht, daß, ohne Dich
Zu fragen, ich mit Guelfo in das Feld zog?
Ja! die Erlaubniß hättest Du mir nie
Gewährt, das wußt' ich wohl: was also blieb
Mir übrig? Meinen besten Freund konnt' ich
Doch nicht allein zieh'n lassen.

    Ruggieri.
     Schelten, Wildfang,
Sollt' ich für diese Freundschaft Dich; doch nein,
Erzähl' mir, Theurer, wie es Dir ergangen!

Ato.

Versprich mir erst, in Zukunft niemals mehr,
Wenn es in's Feld geht, mich zurückzuhalten,
Sonst Oheim, auf mein Wort! erzähl' ich nichts.

Ruggieri.

Begehre And'res, Ato, dies nur nicht!

Ato.

Ach kenntest Du das bunte Leben draußen!
So lustig ist es auf dem Tummelplatz
Des Krieges, wenn bei gellem Pfeifenklang
Das Roß, den Boden scharrend, vorwärts drängt
Und hoch die Fahnen weh'n!

Ruggieri.

Komm, laß uns in
Den Myrthengang dort gehn! Da plaudert's sich
Im Wandern besser.

Ato.

Gut; doch nicht mehr lang
Kann ich heut bleiben, denn Graf Ugolin
Gibt auf den Abend, um den Sieg zu feiern,
Ein pracht'ges Fest, und meinem Guelfo hab' ich
Versprochen, dort zu sein. Du kommst doch auch?

Ruggieri.

Ich, zu dem Fest?

Ato.

Ja, Oheim, bitte komm!

Ruggieri.

Schwer wird der Gang mir; doch, wenn Du mich bittest,
Wie könnt' ich's weigern? Deiner Wünsche jeden,
Mein Ato, Dir im Auge kaum gelesen,
Ja streb' ich zu erfüllen.

(Er umarmt ihn.)

Ato.

Guter Oheim!

(Beide ab.)

Verwandlung.

Festlich geschmückter Saal.

Sechste Scene.

Ugolino (allein, in einem Sessel).

Das strahlt und leuchtet um mich her! Und auch
In meiner Seele tiefste Falten dringt
Ein ungeahntes Licht! — (Pause.)
                O dunkel war's
In mir, tief dunkel seit ich denken kann.
Nicht frohe Kinderzeit hab' ich gekannt,
Noch süße Elternliebe. Wüst und öde
Lag um den Knaben schon das Leben da,
Ein Trümmerhaufe meiner Väter Burg,
Die Meinen all' erwürgt durch Ghibellinen.
In Haß und ungestilltem Racheburst
Wuchs ich zum Jüngling so — kurz kam's, wie Friede,
Da in mein Herz; vor eines Weibes Blick
Schmolz in ein niegekannt Gefühl mein Grimm dahin.
O daß die Engelgleiche das nicht war,
Was sie mir schien! Ein And'rer wär' ich worden!
Doch tiefer in den Abgrund schleuderte
Ihr Treubruch mich; mit grausen Nachtgestalten,
Die nur die Hölle kennt, ward ich vertraut,
Wie mit Geschwistern — — —

Siebente Scene.
Ugolino. Cornelia.

Cornelia (auftretend).
           Würdig, denk' ich, ist
Der Saal zum Siegesfest des Sohns geschmückt.
Ugolino.
Des Sohnes, meines Guelfo, Siegesfest!
Ja! nun hinab für immer, dunkle Geister,
In deren Banden lang ich lag! Hinab
Verzweiflung, Hader mit dem Himmel, Groll
Auf Welt und Menschen und ihr andern alle,
Nicht weiß ich eure Namen, finst're Gäste,
Die sinnverwirrend euren Reigen ihr
In meinem Innern schlangt!
Cornelia.
           Wie, mein Gemahl?
Den Trübsinn willst Du scheuchen, und Dich reißt
Der alte Geist auf's Neu in seinen Abgrund?
Ugolino (aufspringend).
Zum letzten Male sei's gewesen, Weib!
Mit Macht bann' ich hinweg die düstern Schatten,
Die lang vom Lager mir den Schlaf gewälzt!
Sind doch die Pforten eines schönen Tag's
Mir aufgethan! An Dir, Cornelia, rang
Zuerst ich aus der Tiefe mich empor,
Und als Du blüh'nde, starke Söhne nun
Mir schenktest, da im Ringen und im Schaffen
Für sie, ging mir ein neues Leben auf.
Bald gab das Glück mir Pfänder, daß es mich
Nicht länger haßt, und meines Guelfo Sieg
Krönt Alles nun. Er war mein Liebling ja,

Seit Du zuerst in meinen Arm ihn legtest,
Und soll einst ernten meines Lebens Frucht.
Wohlan denn, mag der frische Strom des Wirkens
Die letzten Schlacken des Vergangenen
Hinweg mir spülen! Niederhalten muß
Ein starker Arm das zügellose Volk,
Sonst ras't Verwirrung, Mordlust, Bürgerkrieg
In diesem Staat und reißt ihn in den Abgrund,
An dessen jähem Rand er lang geschwankt.
Ihn zu dem alten Flor zurückzuführen,
Den Hader der Partei'n, die tolle Freiheit,
In deren Taumel die bethörte Menge
Die eig'nen Eingeweide sich zerfleischt,
Von Grund aus zu vertilgen, — o ein Werk
Ist das, des Ringens werth! und frei und froh,
So wie der Aar in den Gewittersturm,
Stürz' ich mich in den Kampf um solches Ziel.
          Cornelia.
Mein Ugolin, mein Gatte! sei uns Beiden
Ein Wille in zwei Seelen, ein Geschick,
Ein Leben und ein Tod!
          Ugolino.
                    Ja, wack'res Weib,
Ich weiß, durch Macht wie Sturz, durch Glück wie Noth,
Begleitest Du mich als mein and'res Selbst.
Und uns're Söhne?
          Cornelia.
     Gleich Dir ruf' ich sie. (Ab.)

Achte Scene.

          Ugolino (allein).
Bin ich erst ganz hier Herr, dann weiter, weiter!
Gedanken steigen, einer mächtiger

Und größer als der and're, in mir auf
Und tragen meinen Geist empor, empor,
Daß er allum die Erde überschaue.
Da liegt sie unter mir, ein herrlich Feld
Für kühne Pläne. Dies Italien,
Des Ruhmes alte Wiege, nun sein Grab,
Soll es, zerstückt in winz'ge Städt' und Ländlein,
Für immerdar elend am Boden liegen?
Mir ist, als streckt' es sehnsuchtsvoll die Hände
Nach einem Retter aus. Ja! nicht umsonst
Dein Flehen, tiefgestürzte Königin!
Gefunden ist der Mann, der helfen kann.
Der halben Welt in Waffen, müßt' es sein,
Abtrotzen will ich Deiner Herrschaft Banner
Und auf den Thron von Neuem dich erhöh'n!

(Uppezinghi tritt auf.)

Neunte Scene.
Ugolino. Uppezinghi.

Ugolino.
Da bist Du wieder?

Uppezinghi.
   Frohe Botschaft, Herr!
In Empoli und in Pistoja habt Ihr
Gewonnen Spiel. Der Pöbelherrschaft satt,
Erhob der Adel sich auf Euern Wink
Und pflanzte Eure Fahne auf.

Ugolino.
   Dank, Freund!
So hin von Stadt zu Städten soll sie flattern,
Und in Florenz bald, in Bologna weh'n.

Uppezinghi.
Doch hier in Pisa bei der Rückkehr fand
Ich dumpfe Gährung; nicht unmöglich wär'
Ein Aufstand.
Ugolino.
O ich weiß und bin gerüstet!
Des mächt'gen Anhangs wegen, den er hat,
Nur schonen muß ich noch den Erzbischof,
Den alten Ränkespinner, aber bald —
Genug davon! nicht dieses Festes Freude
Sei mir geschmälert!

Zehnte Scene.
Vorige. Guelfo. Gaddo. Ugo. Anselmo. Cornelia.

Ugolino (zu Guelfo).
Sohn! geliebter Guelfo!
Komm an mein Herz! Mein schönster Lebenstag
Ist das! Nun ich als Sieger in die Arme
Dich schließe, o! bleibt unerfüllt auf Erden
Mir noch ein Wunsch?
Uppezinghi.
Noch Eines, Herr! Befiehl
Die Martinshöhe stärker zu besetzen!
Es könnte nöthig sein.
Ugolino (hastig, nur mit Guelfo beschäftigt).
Auf morgen früh
Den Kriegern, die aus Lucca heimgekehrt,
Gab ich Befehl dazu; für heute laß!
(Er umarmt Guelfo von Neuem.)
Uppezinghi.
Er hört nicht. Selber handeln muß ich denn.
(Ab.)

Elfte Scene.
Vorige ohne Uppezinghi.

Ugolino.
O Sohn, mein Sohn! wenn mir das Auge bricht,
Eh' ich's vollbracht, du ringe fort und kämpfe,
Bis Du des großen Werks Vollendung schau'st,
Und nur Ein Reich ist von der Alpen Schnee
Bis an Sorrent's orangenduft'gen Strand!

Cornelia.
Heil, junger Held! Wie leuchtete vor Stolz
Der Mutter Auge nicht, die solchen Sohn
Umarmen kann?

Guelfo.
Zuviel, ihr theuern Eltern,
Preis't Ihr, was ich im Kampf vollbracht; mein Freund,
Ruggieri's Neffe, ist der wahre Sieger.

Ugolino.
Nochmals und immer dieser Ato?

Guelfo.
Ja,
Denn nicht zuviel kann man ihn rühmen. Wäre
Das Schlachtenglück bis an den fernsten Stern
Entfloh'n, glaubt mir, er würd' es bei den Locken
Erhaschen und zu sich herniederreißen.

Ugolino.
Genug von ihm!

Cornelia.
O mein Gemahl! kannst Du
Dem Jüngling gram sein, welcher unserm Guelfo,
Als er im Arno schon beinah' ertrunken,
Das Leben rettete? Kaum Brüder liebten
Sich jemals, wie die Zwei.

Ugolino.
          Wollt Ihr dies Fest,
Bevor es noch begonnen hat, zerstören?

Anselmo.
Nein, welche Pracht!

Ugo.
          Hier an der Wand die Fahnen!
Die Kranzgewinde um die Säulen dort!

Gabbo.
So muß es sein bei einem Feste, das
Die Gherardesca geben!

Ugolino.
          Kinder, setzt
Euch um mich her! Wißt Ihr die Freude schon,
Die Euch erwartet? In der Jubelzeit
Des Jahrs, dem schönen Mai, könnt Ihr nun bald
Euch auf dem Land durch Feld und Wiesen tummeln!

Anselmo.
Herrlich! Es geht nach Settimo! Und wann?

Ugolino.
Nach wenig Tagen, denk' ich.

Anselmo.
          Ach warum
Nicht morgen, Vater? Welche Lust wird's sein,
Wenn wir erst wieder auf die Bäume klettern
Und Schlingen für die Drosseln stellen können!

Gabbo.
Und in den Wald zum Jagen ziehn.

Ugolino.
          Ja, Kinder!
In dem Gebirge soll uns oft die Jagd

Ergötzen. Denkt Ihr noch wie vorig Jahr
Wir dort den Wolf und seine Jungen hetzten?
Haha! das war ein Spaß, als vor uns her
Kraftlos der Alte mit dem Wölflein keuchte
Und gierig unf're Hunde ihm die Weichen
Zerfleischten!
Cornelia.
Seht, die Gäste treten ein!

Zwölfte Scene.
Vorige. Verschiedene Gäste, unter ihnen Ruggieri, auf einen Stab gestützt, Ato und Lanfranchi.

Ugolino.
Gegrüßt, Ihr werthen Herr'n, die Ihr mein Fest
Verschönern wollt! Bei Mahl, Musik und Wein,
So hoff' ich, sollt Ihr Euch mit mir ergötzen.

Ruggieri.
Obgleich mein matter Fuß dem Willen schwer
Gehorcht, muß ich, Graf Gherardesca, doch
Der Erste sein, um meinen Herzensglückwunsch
Für diesen schönen Sieg Euch darzubringen.
Zwar mit dem Schwert nicht, denn die Kirche wendet
Von Blut sich ab, doch mit dem Gnadenschatz,
Den mir der Herr verlieh'n, und mit dem Bann,
Auf Eurer Gegner Haupt geschleudert, laßt
Mich Euch zur Seite stehen, Euch den Segen
Der heil'gen Mutter spendend, deren Sohn
Und Knecht ich bin.

Ugolino (kalt).
Ich dank' Euch, Erzbischof!
Hoch ehrt Ihr dieses Haus durch Eu'r Erscheinen.
(Sich zu den andern Gästen wendend.)

Lanfranchi, Ihr — und Ihr — zu Eurem Schuldner
Macht mich Eu'r Kommen. Hört zunächst nun was
Zu diesem Fest den Anlaß gibt! Mein Sohn
Hat, fast noch eh der erste Flaum um's Kinn
Ihm sprießt, so viele Schwerterschläge
Auf der Lucchesen Rücken regnen lassen,
Daß Furcht vor einem neuen Schauer sie
In Zukunft hinter ihrer Mauern Schirm
Festhalten wird. Um nun dem wackern Jungen
Die Ehre, die ihm zukommt, auch zu geben,
Soll jetzt mein Weib Cornelia einen Kranz
Auf's Haupt ihm setzen. — Komm, mein Guelfo, sei
Nicht blöd!

    Cornelia.
  In diesem Zeichen schmück' ich Dich,
Mein Sohn, mit jungem Ruhm, der nie verwelkend
Um Deine Schläfe grünen mag!

  Guelfo (empfängt den Kranz mit der Hand).

         Erfreut
Empfang' ich diesen Kranz, doch nur um ihn
Auf dessen Haupt zu drücken, der so weit
Mir auf der Siegesbahn vorausgeeilt.
Den Lorbeer nimm, mein Ato, er ist Dein!

    Ato.
Gern nimmt der Freund, was liebevoll der Freund
Ihm gibt; und uns're Arme, die sich hier
Umschlingen, mögen unsern Bund für Zeit
Und Ewigkeit besiegeln.

    Ugolino (halblaut).
     Er behält
Den Kranz, der Unverschämte!

Cornelia (leise).
Mein Gemahl!
Du sag'st dem jungen Mann kein freundlich Wort?
Ugolino (zu Guelfo).
Der Kranz ist Dein; schenk ihn, an wen Du willst.
Cornelia (zu Ato).
Mit Freuden seh'n wir uns'res Sohnes Freund
In einem Schmuck, den er so wohl verdient.
Ruggieri.
Komm, Ato! — Gönnt mir jetzt zu scheiden, Graf!
In Gott-geweihter Einsamkeit und nicht
Bei Festen ist mein Platz. Dort bet' ich stündlich
Für Euer und der Euern Heil.
Cornelia.
Nein, bleibt,
Hochwürd'ger Herr! nehmt Platz!
Ruggieri.
Dank, edle Gräfin!
Ato.
Ach, Oheim, bleib!
Cornelia (ihn nöthigend).
Nochmals, ich bitte — —
Ruggieri.
Nun,
Wenn Ihr befehlt.
(Er setzt sich im Vordergrund auf einen Sessel; der Saal hat sich inzwischen ganz mit Gästen gefüllt).
Lanfranchi.
Graf Gherardesca! für
Die Herzen aller hier Versammelten
Will ich die Stimme sein, um ihren Glückwunsch
Für Eures Sohnes Sieg Euch darzubringen.

Ugolino.

Habt Dank und thut, verehrte Freunde, mir
Auf diesen Becher Cypperwein Bescheid!
O fühltet Ihr mit mir die Freude, die
In meiner Seele schäumt und sprudelt! Ist
In unser'm schönen Land Italien
Kein Fürst doch, der mich nicht beneiden müßte!
Ein hochgesinntes Weib theilt diesen Sitz
Der Macht mit mir, und das Gelingen krönt
Mein Streben für des Vaterlandes Wohl;
Sagt, mißt sich Einer mir an Glück?

Lanfranchi.

       Wir freu'n
Uns dessen, Graf! Jedoch des Wechsels voll
Ist jedes Leben. Noch steht Pisa's Feindin,
Das mächt'ge Genua, ungebrochen da,
Und Unheil treffen kann im Kampf mit ihm
Sogar den Tapfersten.

Ugolino.

    Hinweg mit Kleinmuth!
Schwebt doch der Sieg, wohin ich mich auch wende,
Als Bannerträger vor mir her! Und sind
Nicht blüh'nde, wackre Söhne mein? Ist Guelfo,
Mein Heldenknabe, nicht der Feinde Schrecken?
Was hab' ich noch zu fürchten?

Eine Stimme (aus dem Hintergrunde).

      Gottes Zorn.

(Große Bewegung.)

Gabbo.

Wer sprach dies Wort?

Ugo.

   Wer ist der Unverschämte?

Dreizehnte Scene.
Vorige. Lombardo.

Marco Lombardo
(sich zwischen den Gästen hervordrängend).

Ja, Ugolino, Gottes Zorn haft Du
Zu fürchten, Gottes Zorn! Indeß Du schwelgst
Und von dem Glück prahlst, das Dir Pisa danke,
Ringt sie, die große Mutter, die uns Alle
Erzog, in Noth und Jammer ihre Hände,
Verwais't von all den Söhnen, welche fern
In Genua's Kerkern schmachten. Ja fünftausend
Der besten unf'rer Brüder welken dort
In Qualm und Moder unterird'scher Höhlen;
Nichts hören sie, als nur ihr eig'nes Aechzen
Und ihrer Ketten Klirren. Selbst der Sprache
Ward ihre Lippe fremd — bisweilen nur,
Wenn ferneher der Wind das Wogenrauschen
Des Meeres an ihr Ohr trägt, seufzen sie:
O Pisa! Pisa! und ihr Haupt erhebt
Sich mühsam, lauschend, ob kein Ruderschlag
Das Nahen der Galeere künde, die
Sie in die Heimath führe. — O Ihr Thoren,
Was hofft Ihr noch? Nicht klagt um Euer Leid
Die Fremden an! in Pisa selber zecht
Und jubelt der, der Euch um die Befreiung,
Die Genua zweimal schon Euch dargeboten,
Zweimal betrogen hat!

Ugolino.
    Hirnloser Schwätzer!
In Deine Tollhauszelle weich' zurück,
Der Du entsprungen bist!

Mehrere Gäste.
Ist's möglich? Marco
Lombardo, den wir bei Meloria
Gefallen wähnten!

Lombardo.
O wär' ich gefallen!
Ich hätte dann zehn schwere Jahre lang
Die Stunde nicht beweint, die mich geboren!
Die Ketten hätten mir die Glieder nicht
Zernagt! — Doch was von mir! fünftausend And're
Erdulden Gleiches — ich allein entfloh
Dem Kerker, Ihr Pisaner, um bei Euch
Zu werben für das große, heil'ge Werk
Des Friedens, der Erlösung Eurer Brüder!
Schmelzt der Gedanke blos an ihre Leiden
Nicht Euer frost'ges Herz? Euch, Bardi, schmachtet
Ein Sohn in Genua, welchem braune Locken
Um's blüh'nde Antlitz wehten, als er fortzog;
Nun mit der tief von Gram gefurchten Stirn
Und grauem Haar ist er mehr Greis als Ihr —
Maffei, Ihr habt einen Neffen dort
Ihr, Broschi, zwei — —

Ugolino.
Halt ein, Arglistiger,
Mit Deinem Gaukelspiel! Du sprichst
Vom Frieden, doch verschweig'st, zu welchem Preis
Ihn Genua bietet. Uns're Flotte soll
Dem Volk von Schächern ausgeliefert werden;
Das ist's, wofür man die Gefang'nen uns
Heimsenden will — und glaubst Du denn, daß sie,
Sie selbst die Freiheit so erkaufen möchten?
Nein, ihrer Keiner ist wie Du entartet.
Sind sie fünftausend, wohl fünftausend Mal

Wird Jeder lieber ew'ge Kettenlast
Ertragen, als um solchen Preis erlös't
Zu werden.
     Lanfranchi.
    Ihr vergeßt, daß Genua
Unlängst auf mildere Bedingung hin
Uns Frieden bot.
     Ugolino.
     Nichts da von Frieden, sag' ich,
Als nur von solchem, den ich hoch zu Schiff
Im Hafen selbst der übermüth'gen Stadt
Erobere. Mir wurde das Panier
Von Pisa's Ehre anvertraut, und tragen,
Beim Himmel, will ich's durch den Sturm der Zeit,
Bis uns're Flagge wieder so wie sonst
Das weite Meer beherrscht mit allen Inseln,
Küsten und Städten, die in ihm sich spiegeln.

     Lombardo.
Weg mit dem gleißnerischen Redeputz,
Er hilft Dir nichts! Ab reiß' ich Dir die Larve,
Durch die Du Dich zum Engel lügen willst.
Wie? gibst Du vor, für Pisa noch besorgt
Zu sein, das Du doch selbst verrathen hast?
Ja selbst verrathen! — Hört, ihr Alle, hört,
Was ich euch kund thun will! Als bei Meloria
Wir Winde, Klippen und die Uebermacht
Des Feindes wider uns verbündet sah'n,
Erblickt' ich in dem wogenden Gedräng
Der Segel, welche links und rechts und rings
Im Sturm des Kampfes um uns wirbelten,
Den Erzverräther Ugolino, der
Mit einem Schiffsgeschwader auf der Seite
Der Genuesen stritt.

Ugolino.

O schwarze Viper,
Zurück zur tiefsten Hölle, d'raus sie stammt,
Schleudr' ich die Lüge, die Du spei'st. Die Welt,
Den Himmel, Tag und Nacht, und Licht und Sonne
Ruf' ich zu Zeugen, wie sich das begab,
Was teuflisch Du entstelltest. Als Verbannter
Durft' ich nicht wider Genua mitzieh'n, doch
Auch im Exil blieb Pisa's große Sache
Die meine; mit zehn Schiffen segelte
Ich aus Gallura, bis ich bei Meloria
Im Kampf die beiden Flotten traf. Nicht stürzt
Der Geier mit mehr Hast auf seinen Fang,
Als ich auf die Genuesen, drei Galeeren
Entmannend: wie die kämpfenden Geschwader
Sich nun zum Knäuel ballten, bis zuletzt
Der Feind durch Ueberzahl den Sieg gewann
Und mit den Andern mich der Sturm der Flucht
Fortriß — was sag' ich das? Auf leckem Kiel,
Mit Wunden für das Vaterland bedeckt,
Kehrt' ich von dort in meinen Bann zurück.
Auf solche Art hab' ich Verrath geübt!

Lombardo.

Ihr staunt? Sein schnellerdachtes Märchen glaubt Ihr?
So fragt doch die Gefang'nen, die es sah'n,
Ob er nicht wider Pisa focht! Doch nein,
Derselbe, wider den sie zeugen sollen,
Verdammt ja ihren Mund zum ew'gen Schweigen!
Von Ehre prahlt er, Ruhm und Sieg; allein
Ihr Brüder, wischt von diesem hohlen Nichts
Die Schminke ab! Schließt, ihm zum Trotz, den Frieden!
Du aber wisse, daß in Genua's Kerkern

Zehntausend Lippen, Ugolino, dich
Verfluchen und in brünstigem Gebet
Gott ansteh'n, daß er Dich verderben möge!
(Die Bewegung in der Versammlung hat immer mehr zugenommen.)

Ugolino.

Packt mir den Schurken, Wachen! In den Thurm
Mit ihm!

Lombardo.

Haha, Du machst mich lachen! Sieh'
Du selbst Dich vor, wie Du entrinnen willst!
In Waffen steht ganz Pisa wider Dich.
Hörst Du den Lärm, der drunten braus't und schwillt?

Ein Diener (hereinstürzend).

Ein Aufruhr, Herr, ist in der Stadt entbrannt,
In hellen Haufen tobt das Volk um's Schloß
Und schreit: Nieder mit Ugolino! Frieden
Mit Genua!

Vierzehnte Scene.

Vorige ohne Lombardo. Dann Uppezinghi und zwei Bürgermeister. Wachen.

Ugolino.

Bei St. Elmo! das ist lustig!
Hat Fastnacht schon begonnen? Ich will geh'n,
Den Platz von dem Gesindel rein zu fegen. —
Ihr habt den Schuft Lombardo doch gepackt?

Wachen.

Vergib, Herr! Nirgends ist er mehr zu finden;
Ein Wunder scheint es, daß er so verschwand.

Ugolino.

Weh' Euch! Das büßt Ihr mir!

Uppezinghi (hereineilend).

Bemächtigt haben
Sich die Empörer der St. Martinshöhe;
Sie zu vertreiben suchten wir, doch zwischen
Den Scheuern droben sind sie unangreifbar.
Kein Mittel bleibt, als — — —

Ugolino.

Stockst Du? Ei, die Schlauen,
Für sicher halten sie sich dort — nun ja,
Sie sind's, wie wer im Krater des Vesuv
Ein Haus sich bauen wollte.

(Zwei Bürgermeister treten auf.)

Erster Bürgermeister.

Um Gehör,
Gebieter, fleh'n wir. Bei St. Martin sind
Die Vorrathshäuser, die den dringendsten
Bedarf an Ackerfrüchten bergen, um
In diesem kargen Jahr und bei der Kriegsnoth
Das Volk von Pisa vor dem Hungertod
Zu schützen. Darum bitten wir, befiehl,
Daß man beim Kampf dort jener Scheuern schone!

Ugolino (für sich).

Ich muß die Höhe haben. Bleibt sie auch
Nur einen Tag in der Empörer Hand,
So ist mein ganzes Werk vernichtet. Weg
Denn, bleiches Mitleid! Feigling müßt' ich sein,
Wenn Du mich hemmen dürftest auf dem Pfad!
Herab aus Wolken streckt sich eine Hand
Und weis't mit feur'gem Finger durch die Nacht
Den Weg mir an mein hohes Ziel!

(Laut.)

Ihr sprecht von Schonung? Schonung für Rebellen?

Zweiter Bürgermeister.
Jedweder Kampf läßt sich vermeiden, Graf,
Wenn Du bekannt machst, daß dem Frieden Du
Nicht mehr entgegen bist.

Ugolino.
Mir aus den Augen!
Auf solche Forb'rung sollen Schwert und Feuer
Die Antwort sein.

Erster Bürgermeister.
Wir fleh'n auf deinen Pfad
Den Sieg herab und legen einzig Dir
An's Herz: versehre nicht die Speicher, Herr!

Ugolino.
Heißt die Empörer jene Höhe räumen,
Und Euch mein Wort verpfänd' ich: Eure Scheuern
Antastet Keiner!

Erster Bürgermeister.
Herr! unmöglich das!

Ugolino.
Wohl denn! klagt die Rebellen an, nicht mich
Wenn auf die Dächer, hinter denen sie
Sich bergen, ich Pechkränze schleudern muß.

Zweiter Bürgermeister.
Bedenk', Gebieter, kärglich mißt schon heut
Die bitt're Noth dem Volk die Nahrung zu;
Und würde nun der letzte Vorrath auch
Der Flammen Raub — —

Ugolino.
Den Erdstoß mögt Ihr bitten,
Daß er auf seinem Wege Schonung übe,

Nicht mich! Ich gehe selbst, um zu vollführen,
Was nöthig ist. Ruft meine Hellbarbiere!

Viele.

Das Schicksal fürchte, das den Frevel rächt!

Ugolino.

Mann bin genug ich, in sein Rad zu greifen,
Und selber Glück und Unglück mir zu schaffen!

(Ab mit den Soldaten.)

(Während Alles in Verwirrung ist, erhebt sich Ruggieri und spricht laut vor sich hin:)

Ruggieri.

So fahre fort! Was brauch' ich noch zu wirken?
Du rufst das Unheil auf Dich selbst herab!
Schon seh' ich Dich im Rausche Deiner Macht,
Verblendeter, mir taumelnd, sinnberaubt
Zu Füßen stürzen, und kein Arm wird sich
Für Dich erheben, wenn mein Racheschwert
Auf Dein verhaßtes Haupt herniederflammt.

(Der Vorhang fällt.)

Zweiter Akt.
Garten vor der Villa Ruggieri's.

Erste Scene.
Daniele (allein).

Verdammt, daß nicht ein Pfeil den Ato traf!
Seit er zurück ist, hat der Alte wieder
Für ihn nur Aug' und Ohr: sein Herzensjunge,
Sein Schatz heißt er; ich gelt' ihm keinen Deut. —
Muß es erst jetzt auf einmal mir wie Schuppen
Vom Auge fallen? O ich Tropf, nicht einzuseh'n,
Wie ich noch and're Frucht von meinen Mühen
Einernten kann, als nur die süße Rache!
Pah! Rache! Tag und Nacht hat mir Ruggieri
Davon geschwatzt, bis ich beinah danach
Begehren trug — und selbst doch weiß ich nicht,
Warum ich Ugolino hassen soll.
Der Mann just ist er wie er Pisa Noth thut,
Und danken müssen alle Bürger ihm,
Daß er den Aufruhr siegreich niederwarf.
Dazu war Milch und Honig nicht das Mittel,
Und, wenn er Feu'r und Schwert gebrauchet, nicht schmäh'n
Ihn sollte man. Was aber von Ruggieri
Hab' ich für Lohn zu hoffen? Während Ato
Auf stolzem Rosse beim Turniere prunkt,

Bei Malvasier und Würfeln sich ergötzt,
Soll das Gelübd' der Armuth und der Keuschheit
Ich thun! Nein, alter Thor, ich danke schön!
Blieb auch dein Bastard diesmal unversehrt,
So gibt's doch Mittel noch, ihn zu verderben;
Und schlagen diese fehl — hab' ich nicht Dich
In meiner Hand? — Sieh' da, der Herzensjunge!
(Er tritt in den Hintergrund. Ato und Guelfo treten auf.)

Zweite Scene.
Guelfo. Ato. Später Daniele.

Guelfo.
Gib nach und komm zu meinem Vater mit!
Ihn hat's gekränkt, daß Du Dir nicht Erlaubniß
Von ihm geholt, mit mir in's Feld zu zieh'n.
Doch schnell, sobald wir ihn für das Verseh'n
Um Nachsicht bitten, wird sein Groll verschwinden.

Ato.
Noch klebt der Bürger Blut, von ihm vergossen,
An jedem Stein; noch zeigen Rauch und Schutt
Den Pfad, den sein Verwüstungszug genommen;
Die letzte Hoffnung der Verhungernden
Hat er zerstört — und ihm, ihm sollt' ich mich
Als Bittender jetzt nahen? Nimmermehr!

Guelfo.
Glaub mir! er ist nicht böse und so leicht,
Wie er im Zorn auflodert, auch versöhnt.
Wenn er Dir zürnt, so kann auch unsere Freundschaft
Nicht mehr gedeih'n, und was, Du einzig Lieber,
Wird ohne Dich aus mir? Nicht Ritterspiel
Noch Sängerlied, der thau'ge Morgen nicht,

Und nicht des süßen Frühlings Grün und Blüthe
Schafft Freude mir, wenn Du mir fehlst.

Ato.
Mein theurer, theurer Guelfo!

Guelfo.
Komm! Die Mutter
Bitt' ich, daß sie für Dich beim Vater spreche,
Und, ist er günstig dann gestimmt, so wird
Der Augenblick geschwind von uns benützt.

Ato.
Auch weißt Du ja, ein Speerwurf hat den Oheim,
Als er von Eurem Feste heimging, schwer
Verwundet und ich kann ihn nicht verlassen.

Daniele (hervortretend).
Sprecht leiser!

Ato.
Schläft der Oheim?

Daniele.
Nein, kein Schlaf
Kam seit der Nacht, wo er verwundet ward,
In seine Augen; fiebernd bald und bald
In Mattigkeit versinkend liegt er da,
Doch tiefe Stille thut ihm noth.

Ato.
Sollt' er
Sich nicht hier außen an der Frühlingsluft
Erquicken?

Daniele.
Gebe Gott, daß er's noch könne!
Ach, guter Ato — —

Ato.
Zittern machst Du mich.

Daniele.

Zu Ende fürcht' ich, geht sein Leben, das,
Schon längst zerrüttet, diesem neuen Stoß
Erliegen muß.

Ato.

So weit schon wär's mit ihm?

Daniele.

Noch möchte Hoffnung sein, wofern nicht Sorgen
Schwer auf dem Geist ihm lasteten. Heut' Nacht,
Als ich an seinem Lager wachte, hört' ich
Ihn seufzen: „Wehe! meinen Ato so
Vom Haß des mächt'gen Ugolin beladen
Zurückzulassen! Quälte der Gedanke
Mich nicht, so stürb' ich ruhiger!"

Guelfo.

Hörst Du's?
Mit einem Worte kannst Du meinen Vater
Versöhnen und dem alten Herren Trost
Für seine letzten Tage schaffen. Schnell!
Entschließe Dich!

Ato.

Der gute, gute Oheim!
Ihn zu beruh'gen thät' ich's wohl, allein
Den Grafen scheu' ich so! sein Blick schon hemmt
Mir jedes Wort.

Guelfo.

Nicht doch! voraus flieg' ich,
Damit ich Alles für Dich vorbereite;
Wenn Du dann eintrittst, hat er Dir bereits
Verzieh'n und kaum noch brauchst Du ihm ein Wort
Zu sagen. Lebe wohl und folg' mir bald!

(Ab.)

Dritte Scene.
Vorige ohne Guelfo.

Daniele.
Der Rath ist gut. Zu andern Zwecken noch
Möcht' ich Dich bitten, daß mit Ugolin
Du spräch'st. Als Freund von seinem Sohn vermagst
Du mehr vielleicht bei ihm als irgend wer;
Geh' also! sprich zwei Worte der Entschuld'gung
Zu ihm, und suche dann den Groll und Argwohn,
Den er — der Himmel weiß warum — im Stillen
Auf Deinen Oheim hegt, in ihm zu tilgen.
Sag' ihm, wie gut Ruggieri ist, wie er
Nur Frieden athmet, ja im Kampfe jüngst
Verwundet ward, weil er die Meuterer
Zur Unterwerfung mahnte; auch wie er
Den Armen seine ganze Habe spendet,
Und d'rum vom Volk mehr als ein Fürst geehrt wird.
Das fruchtet sicherlich, und hört er es,
So wird den Sinn er ändern.

Ato.
     Und Du glaubst,
Daß es den Oheim freuen würde, wenn
Ich das bewirkte?

Daniele.
    Mehr als das, mein Ato!
Die Nachricht würd' ihm neues Leben schenken,
Denn seine fromme Seele, die ganz Liebe,
Ganz Eintracht ist, bedrückt es schwer, daß ihm
Ein Mensch noch grollt.

Ato.
    Gut, gut, laß mich nur machen!

Daniele.

Hör' weiter noch! Zu mehr als Du Dir denkst
Kann Dein Gespräch mit Ugolino dienen,
Wofern Du Herz nur hast.

Ato.

   Wie magst Du zweifeln?

Daniele.

Wohl! schild're ihm das Elend, das aus Pisa
Ein großes Leichenhaus zu machen droht;
Sag' ihm, wie alle Welt nach ihm um Hilfe
Ausschaut, und wie man wider ihn im Volk
Unwillig murrt, weil er, der es vermag,
Die Noth nicht lindert. Wenn er alles das
Nur hört, so stillt er — denn sein Herz ist gut —
Gewiß das Leiden und die ganze Stadt
Wird Dich als ihren Retter segnen.

Ato.

       Ja,
Mein Möglichstes will ich versuchen.

Daniele.

       Auch von dem,
Was ich vorhin Dir sagte, darfst Du manches
Einfließen lassen, daß er d'raus erkenne,
Wie er sich durch sein eig'nes Thun die Herzen
Entfremdet. Deut' ihm das mit Vorsicht an —
Mit Vorsicht, Ato — nun, Du bist ja klug!

Ato.

Verlaß' Dich ganz auf mich! Wenn ich mich spute
Hol' ich den Guelfo wohl noch ein. Leb' wohl!

(Ab.)

Vierte Scene.

Daniele (allein).

Der hat viel Eile! Lauf nur, lauf, Du Tropf!
Dem Drachen liefst Du besser in die Höhle,
Als diesem vor's Gesicht! Dein Anblick schon
Reizt ihm die Galle, denn an Deine Mutter,
Die seine Braut war, ehe sie Ruggieri
Verführte, mahnt er ihn. Nun tritt vor ihn
Und platz' und polt're, Tölpel wie Du bist,
Mit Allem, was Du auf dem Herzen hast,
Sogleich heraus — so wahr wie hier mein Fuß
Den Boden tritt, das endet nimmer gut!
Mit Ketten oder Schlimmer'm wird er Dich
Für Deine schöne Redekunst belohnen,
Und ich kann bei dem Alten ungestört
Mein Werk vollbringen. Zwar so schlimm noch steht's
Mit ihm nicht, wie er glauben machen will;
Er übertreibt in Allem; dennoch muß
Ich mich bei Zeiten vorseh'n.

(Ruggieri, von zwei Dienern gestützt, tritt auf.)

Fünfte Scene.

Daniele. Ruggieri.

Ruggieri.
     Laßt mich nieder! Matt
Bin ich, zum Tode matt.

(Die Diener lassen ihn auf eine Bank nieder und gehen.)

    Wo ist mein Ato?

Daniele.
Er muß schon früh zur Stadt gegangen sein.

Ruggieri.

Wär' er doch hier! Nur seine liebe Hand
Zu drücken, würde Labsal für mich sein.
Geh', ruf' ihn her! So krank, so trostlos bin ich.

Daniele.

Die Frühlingsluft, der frische Hauch vom Meer
Wird Dich erquicken.

Ruggieri.

Nicht so viele Kraft
Mehr bleibt mir, um sie einzuathmen! — Ach,
Zu fühlen, wie das Dasein ebbt, wie träg
Das Blut und immer träger schleicht — hinweg
Zu geh'n und unserm Feind die Welt zu lassen —

Daniele.

Denkt doch nicht stets an — —

Ruggieri.

Nenn' ihn nicht! die Hölle
Hat keine schlimmern Martern für Verdammte,
Als es für mich ist, seinen Namen nur
Zu hören! Glücklich ohne ihn hätt' ich gelebt!
Er einzig hat in jeden Athemzug
Mir Gift geträufelt, jede Friedensstätte,
Zu der ich fliehen wollte, mir verwüstet,
Bis all' mein Fühlen Haß und selbst mein Beten
Zum Fluche ward. Und jetzt von seinen Söldnern
Auch diese Wunde noch! Statt, wie ich hoffte,
Vom Ingrimm des empörten Volkes ihn
Zermalmt zu sehen, muß ich selber nun
Gebeugt, ohnmächtig mich am Boden winden,
Und triumphirend wird er noch mein Grab
Verhöhnen!

Daniele.
In der That! die Macht des Grafen
War nie so hoch gestiegen noch wie jetzt.

Ruggieri.
O leben, nur so lang noch, wie die Sonne
Aufwärts in ihrem Sommerlaufe steigt,
In Kraft des Mannes leben, daß ich ihn
Verderben, daß in seinem Sturz ich schwelgen,
An seiner Schmach mich laben könne! Du,
Der um mich her in allen Wipfeln brauf't
Und keimt und grünt, o Frühling, ströme Du
Von Deinem Saft in mich und laß
Mein welkes Dasein neu zur Rachethat
Erblüh'n; ist sie vollbracht, dann sterb' ich gern.
Wie wird mir? Weh!

Daniele.
Laßt uns von Anderm reden!
Dies strengt Euch an. Schon lang verschob ich es,
Euch eine Sache, die mir wichtig ist,
An's Herz zu legen. Viel, Ruggieri, hab'
Ich mich für Euch gemüht; dreimal war ich
In Genua.

Ruggieri.
Genua! Und wann kommt von dort
Der Friedensvorschlag?

Daniele.
Laßt das! Dreimal, sag' ich,
Hab' ich mein Leben Euerthalb gewagt.

Ruggieri.
Nun ja! um endlich Ugolin zu stürzen.

Daniele.
Ganz recht wär's mir, den Uebermüthigen

Im Staub zu seh'n, doch diesen grimmen Haß
Begreif' ich nicht. All das, was Ihr ihm Schuld gebt,
Was ist's denn weiter Großes, als daß eine
Partei die andre stürzt und ihr das Böse,
Das sie von ihr erlitten hat, vergilt?

Ruggieri.
Die heil'ge Rachepflicht verläugnest Du?

Daniele.
Pah! Rauch und Dunst! Wir müssen endlich klar
Uns werden. Ugolino hat die Macht,
Wir sind besiegt, d'rum gebt das Hirngespinst
Von Rache auf und sichert mir den Lohn,
Den ich verdient. Nicht taug' ich für die Kutte.
Nach Festen und Turnieren, Sammt und Seide,
Damit ich schönen Frauen wohlgefalle,
Nach blanken Waffen, Andalusierrossen,
Steht mir der Sinn. An reichbesetzter Tafel
Möcht' ich mit Freunden mich beim Becherklang
Vergnügen. Dazu aber fehlt mir Eins,
Ihr wißt schon was.

Ruggieri.
Kommt denn mein Fieber wieder?

Daniele.
Stellt Euch nicht so erstaunt, nein, preist mich lieber,
Daß ich Eu'r guter Schüler war! Ihr selbst,
Da Ihr zum Helfer Eurer Ränke mich
Erzogt, habt meinen Witz geschärft; wohl denn,
Ich wend' ihn an! Allein so viel Verstand
Ist, dünkt mich, gar nicht noth, um einzuseh'n,
Wie die Gerechtigkeit verlangt, daß ich,
Eu'r nächster Vetter, auch Eu'r Erbe sei.

Ruggieri.

Wer bist Du, Mensch?

Daniele.

Wenn's Euch gefällt, so lad' ich
Auf heut' die Zeugen noch, vor denen Ihr
Für Euren Todesfall mir all' Eu'r Gut
Verschreibt.

Ruggieri.

He, Diener! schafft mir Diesen fort!
Er ist von Sinnen.

Daniele.

Ob ich's bin, entnehmt
Aus dem, was ich jetzt sagen will. Ich weiß,
Ruggieri, Eurem — nun, wie nenn' ich ihn
Hübsch säuberlich? — ja richtig, Eurem Neffen
Habt Ihr Eu'r Erbe zugedacht; nur Schade,
Daß mir danach der Sinn steht! Drum bedenkt,
Bevor Ihr mir die Schenkung weigert, daß
Graf Gherardesca wohl mir ein Gespräch gönnt!
Nicht unlieb wird's ihm sein, so mancherlei
Von mir zu hören; was dann weiter folgt,
Ist Eure Sache; Ugolin versteht
Das Gütereinzieh'n meisterhaft und ist
Viel zu gerecht, als daß er mit der Habe,
Die diesmal an die Reihe kommen würde,
Mich nicht belohnen sollte. Ob dann noch
Für Ato viel zu erben übrig bliebe,
Das freilich weiß ich nicht.

Ruggieri.

Schamloser Bube!
Pestbeule! Hundsgesicht! Starr' mich nicht an!
Wie ist mir? weh, zum Herzen schießt das Blut!

Daniele.
Die Diener sollen Euch auf's Lager bringen.
Ich bitte, bis heut Abend sammelt Euch,
Auf daß, wenn ich mit meinen Zeugen komme,
Ihr klar und fest Bescheid mir geben könnt!
Bis dahin, Gott mit Euch! (Ab.)

Sechste Scene.
Ruggieri allein. Dann Diener.

Ruggieri.
Sei Du verdammt,
Verflucht zur dritten Hölle, gift'ges Scheusal,
Das ich mir selbst erzog! Vermöcht' ich's nur,
Ich stürzte über Dich und risse Dir
Die falsche Zunge aus! — — Mein Haupt! Mein Haupt!
Was für ein Schauder schüttelt mich?
(Diener treten auf.)
Führt mich
Zurück! — Verlassen mich denn Alle und
Auch Du, mein Ato? — O dies Sonnenlicht,
Dies heit're Leben um mich her! Hinweg!
Schließt dicht die Fenster zu, damit kein Schein,
Kein Laut der Welt zu mir — Wo bleibt mein Ato?
(Er wird von den Dienern fortgeführt.)

Verwandlung.
Saal in Ugolino's Palast.

Siebente Scene.
Guelfo (am Fenster). Gado. Ugo. Anselmo.

Anselmo.
Die Mutter läßt Euch sagen, daß Ihr sie
Mit mir im Saale hier erwarten sollt.

Ugo.
Wozu das?
Anselmo.
Was weiß ich! Ich denk' an nichts,
Als daß es endlich doch auf's Land geh'n möchte.
Ugo.
Nimm Dich in Acht und sprich dem Vater nicht
Davon, denn zornig wirft er jedesmal
Die Stirn in Falten; etwas Wicht'ges hält
Gewiß ihn hier zurück.
Gabbo.
Und was das ist,
Erräthst Du nicht?
Ugo.
Nein, Gabbo! Sag', was ist's?
Gabbo.
Hör' zu! Ich helf' Dir auf den Weg. Hat uns
Die Mutter nicht schon oft gesagt, daß uns
Zu Fürsten nichts mehr als der Name fehle
Und auch nicht lang mehr fehlen solle?
Ugo.
Ja,
Der Vater sei in Pisa Herr, wie in Verona
Die Scaliger. O jetzt versteh' ich; wär' es
Doch nur so weit! Das wird ein Leben sein,
Wenn wir erst Prinzen sind.
Anselmo.
Ja, Bruder, schon
Seh' ich mich hoch zu Roß im sammt'nen Kleid
Und goldgestickten Mantel durch das Volk
Hinsprengen; Jeder grüßt mich ehrfurchtsvoll
Und ruft den Andern zu: weicht aus! da kommt
Prinz Gherardesca!

Guelfo
(vom Fenster zu ihnen tretend).

Schwatzt Ihr lustig hier?
Und außen drängen — o ich kann's nicht seh'n! —
Sich hagere Gestalten um das Schloß,
Mit gier'gen Augen nach den Fenstern starrend,
Ob eine Hand nicht mitleidsvoll ein Brod
Herunterreiche — Mütter heben mit
Den abgezehrten Armen ihren Säugling,
Für den sie in den welken Brüsten nicht
Mehr Nahrung haben, hülfefleh'nd empor —
Wie aber läßt sich helfen? Alles schon,
Was ich erspart, hab' ich an sie vertheilt,
Allein das ist nur wie ein Wassertropfen
Für ein verschmachtend Heer.

Ugo.
Die Noth des Volks
Ist Strafe nur für seine Meuterei.
Wie viele tapfre Krieger von den Unsern
Sind in der Nacht beim Kampfe nicht geblieben!

Gabbo.
Schlag's aus dem Sinn Dir, Bruder! Was auch geht's
Dich an?

Guelfo.
O Eurer Keiner fühlt mit mir! (Will gehen.)

Ugo.
Bleib doch! Wir sollen ja die Mutter hier
Erwarten!

Anselmo.
Eben kommt sie mit dem Vater.

Achte Scene.
Vorige. Ugolino und Cornelia.

Ugolino.
Wozu in dies Gemach mich führen, Weib?
Gib an, was ist's, das Du mir anderswo
Als hier nicht sagen kannst?

Cornelia.
O Du, mit dem
Zu einem Faden, unzerreißbar fest,
Das Dasein mir gesponnen ist, Du weißt:
Ob Erd' und Himmel, ja der Erzfeind selbst
Sich gegen Dich verbünden, keinem Zweifel
An Deines Namens Reinheit geb' ich Raum.
Doch seit bei unserm Feste jene Klage
Auf Dich geschleudert ward, drückt eine Sorge
Schwer, wie die Welt, mein Herz. Mir ist, als sei
Für immerdar in Deiner Kinder Seelen
Dein Bild von dem Altar gestürzt, auf dem
Es rein und lauter stand. O sprich, Gemahl,
Vermögen sie Dich Vater noch zu nennen,
Wofern auch nur ein Schatten, nur so viel,
Wie ihn des Sommers licht'ste Wolke wirft,
Auf Dir von dem Verdachte haften bleibt,
Daß Du am Vaterland Verrath geübt?

Ugolino.
Wie? meine Söhne, die mit mir ein Denken
Bisher, ein Fühlen waren, gleich als ob
Ein einzig Herz in vier gespalten wäre,
Sie hätte jener Gaukler täuschen können?

Cornelia.
Und wäre seiner Worte Widerhall

In ihren Herzen auch so schwach geblieben,
Daß er nicht eine Fiber zittern machte,
Selbst ihn nicht dulden darfst Du! Leg' die Hand
Auf's Crucifix dort am Altar und schwöre
Den Eid der Reinigung.
              (Die Söhne bei den Händen fassend.)
Habt Acht, Ihr Kinder, jetzt sollt Ihr erfahren,
Daß Ihr noch einen Vater habt!

Ugolino (am Altare).
                          Ich schwöre,
Bei dem, der an dem Kreuze starb, zur Hölle,
Hinabfuhr und das Reich des Bösen band,
Doch nun zur Rechten seines Vaters sitzt,
Von wannen er als Richter kommen wird,
Um furchtbar Meineid und Verrath zu strafen,
Bei ihm schwör' ich, daß auf der Unsern Seite
Ich bei Meloria in der Schlacht gekämpft.

Cornelia.
Hört Ihr es, meine Söhne? Hört Ihr's! Kommt,
Umarmt den Vater, der Euch neu geschenkt ist!
Und mich, nun jede Sorge von mir wich,
Laß freudig, wie beim ersten Kuß als Braut,
An Deine Brust, mein Ugolino, sinken!

Ugolino.
Mein braves Weib! und Ihr, geliebte Kinder,
Kleinode meines Lebens! All mein Ringen
Und Wirken, ohne Euch, was wär' es werth?
Noch Eure Enkel, meine Söhne, sollen
Von ihrem Ahnherrn rühmen: Großes hat er
Vollbracht wie Keiner seit den alten Tagen
Ital'schen Ruhms.
          (Die Söhne entfernen sich auf einen Wink Ugolino's.)

Neunte Scene.
Cornelia. Ugolino.

Vernimm, Cornelia!
Leicht könnte Deines Bruders Guido Beistand
Mir nächstens nöthig sein; d'rum mußt Du ihn
Zu mir herüberziehen.
Cornelia.
Er ward verbannt,
Als Du den Ghibellinen Dich verbandest.
Ugolino.
Was Ghibellin, was Welfe! hohle Worte,
Nicht werth des Athems, um sie auszusprechen!
Weg warf ich all' die Hülsen und behielt
Allein den Kern, die Macht — und sie, bei Gott,
Soll wachsen mir und wachsen, daß ich ganz
Vollführe, was mein Amt ist. Diese Zwietracht,
Das wüste Bandenwesen, das gewaltsam
In seinen Wirbeln ganz Italien
Dem Untergang entgegenreißt, will ich
Von Grund aus tilgen. Auf den Knieen sollen,
Beim Himmel! die zuchtlosen Rotten mich
Als ihren einz'gen Herren anerkennen!
Cornelia.
Du wolltest, Herrlicher, was ich so lang
Gehofft — —?
Ugolino.
Auf dieses blinden Volkes Nacken,
Das man zum eig'nen Glücke zwingen muß,
Den Herzogstuhl mir bau'n. Ist das vollbracht,
Winkt mir ein höh'res Ziel. Auch Lucca seufzt,
Auch Siena schwer im Joch wahnsinn'ger Horden;

Und, wo nicht Pöbelwuth das Scepter führt,
Da zanken kleine Fürsten sich gleich Hunden
Um einen Fetzen Landes, bis der Streit
Den Fremdling von den Alpen niederlockt,
Daß er die Beute an sich reiße. Wohl!
Ein Ende machen will ich solcher Schmach
Und diesem herrlichen Italien
Mit goldnem königlichem Diadem
Die Stirn umwinden.

Cornelia.
Wie Du redest, ist mir,
Als hört' ich mir zu Häupten einen Adler
Die mächt'gen Flügel schlagen.

Ugolino.
Du, mein Weib,
Verstehst mein Tiefgeheimstes, wie ich selbst.
Wohl denn! Für die Vollführung meiner Plane
Thut mir ein Rückhalt noth auf alle Fälle;
Bestimme also Deinen Bruder Guido,
Mit einer Heerschaar an den Grenzen Pisa's
Auf meinen Wink bereit zu stehen! Klug
Und klaren Sinn's ist er und wird erwägen,
Wie künftig ihm des Schwagers Gegendienste
Erwünscht sein könnten.

Cornelia.
Was ich nur vermag,
Wie thät' ich's nicht? Wer aber bringt geheim
Mein Schreiben ihm?

Ugolino.
Den Gabbo send' ich eilends,
Denn Eile könnte nöthig sein. Es heißt
Von Genua sei ein neuer Friedensvorschlag,

Schmachvoll, so wie die frühern, angelangt.
Wenn nun der große Rath ihn mir zum Trotz
Annehmen sollte — Du verstehst mich; geh'
Und bring das Schreiben!

     Cornelia.
       Erst noch eins, Gemahl!
Von Tag zu Tage drohender erhebt
Die Hungersnoth, zahllose Opfer würgend,
Ihr Schlangenhaupt — —

     Ugolino.
       Das Volk hat es gewollt!
Was zwang es mich die Speicher zu zerstören,
Die Korn in Fülle bargen? Was ich kann
Zur Lind'rung seiner Noth, hab' ich gethan
Und werd' es ferner thun. Doch muß ich nicht,
Um seinen Meutergeist im Zaum zu halten,
Ein Heer von Söldnern fort und fort ernähren,
Das meiner Güter Ernten fast verschlingt?

     Cornelia.
Mag sein! Doch wäre keine Hülfe möglich?

     Ugolino.
Selbst niederkämpfen mußt' ich mein Gefühl,
Als ich in Brand die Scheuern stecken ließ.
Wer Großes will vollenden, sagt' ich mir,
Darf nicht Gehör dem feigen Mitleid schenken.
Gewittern gleich, im Sturm und Donner segnend,
Hinschreiten muß er auf der hohen Bahn,
Nicht achtend, was sein Fuß zertritt; bald wieder
Erblüht aus der Zerstörung neues Leben.
Nicht wollen kannst du selbst, daß durch die Schmach
Des Friedensschlusses ich mein eignes Werk

Im Lebensleim zerstöre; und doch ist
Kein Mittel sonst um Augenblicks die Noth
Zu stillen. Um des Vaterlandes Willen
Mag denn, was ihm das Schicksal auferlegt,
Ein Jeder tragen.
     Cornelia.
    Deinem höhern Geist
Beug' ich mich stumm. Doch sieh! In's Schloß so eben
Tritt dort Ruggieri's Neffe. Auf dem Herzen
Hat er, ich weiß nicht was, und läßt durch mich
Um gütiges Gehör Dich bitten. Nimm
Als Guelfo's besten Freund ihn huldreich auf!
     Ugolino.
Laß das! Verbieten werb' ich meinem Sohn,
Ihn ferner noch zu seh'n. Verdächtig ist's,
Daß dieser Ato so sich an ihn drängt;
Weißt du, ob er nicht meiner Feinde Plänen
Verrätherisch dient? ob nicht der Erzbischof
Ihn eben jetzt als Späher zu mir sendet?
     Cornelia.
Den Argwohn scheuch! Versöhnung will Ruggieri,
Sonst nichts. Den Feind, der Deine Freundschaft sucht,
Mußt Du mit golb'nen Ketten an Dich fesseln.
     Ugolino.
Beweisen nur kann ich's dem Schleicher nicht,
Doch weiß ich, angezettelt war von ihm
Der Aufruhr, und im Stillen spinnt er stets
Noch Ränke wider mich.
     Cornelia.
    Nur von dem Neffen
Sprach ich zunächst; er wartet und Du mußt ihn
Empfangen.

Ugolino.
Weib, es kann nicht sein. Mir fehlt's
An Zeit dazu.
Cornelia.
An Zeit?
Ugolino.
Versteh, Cornelia,
Nicht sehen will noch mag ich ihn.
Cornelia.
Schlägst Du
Mir so die kleine Bitte ab, wie willst Du,
Daß ich die Deine Dir erfüllen soll?
Ugolino.
Bei Gott! Ihr Weiber laßt nicht ab, bis Ihr
Erreicht, wonach einmal Eu'r Sinn steht. Gut!
Kurz mach' ich's ab. Ruf Deinen Schützling her!
Cornelia.
Sogleich! und Guido's Beistand schaff' ich Dir. (Ab.)

Zehnte Scene.

Ugolino (allein).
Des Buben Anblick ist mir widerlich
Wie keiner sonst. In seinem Angesicht
Verschlingen seiner Mutter sanfte Züge
Sich mit der Schlangenmiene des Verführers
Und bannen dunkle Stunden früh'rer Jahre,
All das, was mir zuerst das Herz mit Galle
Getränkt hat, wieder vor die Seele mir. —
Er kommt — ich höre seine Stimme draußen,
Bei deren Klang mir jeder Nerv erzittert.
Nur ruhig, ruhig jetzt!
(Guelfo und Uto treten auf.)

Elfte Scene.
Ugolino. Guelfo. Ato.

Ugolino.
Ich bin an Zeit
Bedrängt; daher, was Ihr zu sagen habt,
Faßt, bitt' ich, kurz!

Guelfo.
Für ein Versehn, an dem
Auch ich mit Schuld bin, möchte sich mein Freund
Bei Dir entschuldigen. — Nun, Ato, sprich!

Ato.
Laß mich doch nur erst zur Besinnung kommen!
Was ich auf meinem Weg hierher gesehen,
Hat jedes Denken sonst in mir getilgt.
So öde waren alle Straßen! leer
Vom muntern Treiben der Gewerke, stumm
Von jedem Ton des Lebens! Leichenhafte
Gesichter starrten mir von rings entgegen,
Nur matte wankende Gestalten sah ich,
Denn Mangel hat das Blut in allen Adern
Getrocknet und der Knochen Mark gedörrt.

Ugolino.
Und wozu alles dies?

Guelfo.
Still, still davon!
Du wolltest ja dem Vater sagen, Ato,
Es sei Dir leid, daß neulich — —

Ugolino.
Nun?

Ato (wie in sich versunken).
O rings dies Schweigen! Hätten Weherufe
Mein Ohr betäubt, ertragen hätt' ich's noch,

Doch lautlos jammerte in jedem Antlitz
Der Hunger, lautlos streckten Knaben, früh
Zu Greisen hingewelkt, nach mir die Hände,
Und nur ihr halberloschnes Auge flehte:
Brod! gieb uns Brod!

Ugolino.
     Verwundert hör' ich Dich,
Nicht Zeit hab' ich für solcherlei Gerede;
Wenn Du nichts Andres bei mir willst, so geh!

Ato (für sich).
Seltsam! Auf nichts von dem besinn' ich mich,
Was ich mir vorgenommen, ihm zu sagen.

Guelfo.
O Vater! laß Dich von dem Jammer rühren!
Leicht wird es Dir, dem Mangel abzuhelfen,
Wenn Du nur willst.

Ugolino.
    Ja, Kind, es ist recht Schade,
Daß ich so klug nicht bin wie Du. Du weißt
Sogleich für Alles Rath.

Guelfo.
     O kämen sie
Zu Ohren Dir, wie ich sie täglich höre,
Die Flüche auf den allverhaßten Krieg,
Die jeder Mund ausstößt, gewiß Du rissest
Das Leiden mit der Wurzel aus!

Ugolino.
     Mein Guelfo!
Vertrau'n kannst Du dem Vater wohl, daß er
Wenn er den Frieden jetzt nicht schließen will,
Nach dem Gebot der Pflicht, der Ehre handelt.

Guelfo.

So gieb aus Siena, aus Volterra minb'stens
Die Einfuhr frei, und schnell wird sich der Markt
Mit Lebensmitteln wieder füllen.

Ugolino.

Ist
Denn hier verkehrte Welt? Ein Jüngling will
In seiner grünen Weisheit mehr von Dingen
Des Staats versteh'n, als wer sie lebenslang
Geprüft? — Genug! mehr als genug!

Guelfo.

Ist das
Dein letztes Wort?

Ugolino.

Mein letztes! Geh'
Und dank' es Deinem Sieg von neulich, daß
Ich Dir die Keckheit ernster nicht verweise!

Guelfo.

Ich gehe! aber glaub, zu meinem Rath
Gab mir die Sorge für Dich selbst den Muth.
Denn wo nur Menschen sind, seh' ich den Grimm
Auf Dich in ihren Blicken wetterleuchten,
Und wenn Du bald nicht hilfst, wenn das Gewitter
Sich über Dich entlädt, dann wehe Dir!

Ugolino.

Mir gar zu droh'n wagst Du, Verwegener?

Guelfo.

Zu wiederholen nur, was Jeder Dir
Schuld giebt, daß Du, der helfen kann und soll,
Nicht thust, was Deines Amtes ist, daß Du
Bei diesen Leiden, die den härt'sten Felsen

Vor Mitleid schmelzen könnten, kalt und starr bleibst,
So wie das Schwert an Deiner Seite — —

Ugolino.
Knabe,
Trägst Du Verlangen, seine Schärfe zu
Erproben? Nur ein Wort noch und —

(Er packt Guelfo an die Brust und legt die Hand an das Schwert.)

Ato
(der zuerst in sich versunken dagestanden, aber während des heftiger werdenden
Wortwechsels in immer größere Spannung gerathen ist).

Zurück!
Vergreif' an meinem Freund Dich nicht! Hier steht,
Wer ihn vor Deiner Wuth beschützt.

Ugolino.
Du schweig'
Und geh! Wenn ich Gehör Dir geben will,
Werd' ich Dich rufen lassen!

Ato.
Nein, Du mußt,
Du sollst mich hören. Lang ließ Scheu vor Dir,
Entsetzen über das, was ich vorhin
Geseh'n, das Wort im Munde mir erstarren,
Doch überströmend drängt sich nun das Herz,
Das in der Brust sich bäumt, auf meine Lippen.
Wahr, wahr ist Alles, was Dir Guelfo sagte,
Nur sagt' er es zu mild, zu schonend noch,
Und daß es wahr ist, daß mit Recht die Menschen
Dich Wüthrich nennen, zeigst Du eben selbst,
Da an den eignen Sohn die Hand Du legst.

Ugolino (auffahrend).
Tolldreister!

(Plötzlich innehaltend; für sich.)

Fassung, Ugolino! Mag's

Auch dieser sein, der Sohn des Tiefverhaßten,
Zu meiner Schmach erzeugt — wie kann ein Knabe
Durch sein Geschwätz das Blut in Gährung so
Dir bringen?
．．．．．．．．．．．Ato.
．．．．．O, der Oheim handelt anders!
Mit vollen Händen spendet er den Armen,
Was seine Aecker tragen; d'rum auch beten
Ihn Alle an; wär' er nicht sterbenskrank,
Bei Gott, das Volk rief' ihn zum Herrn von Pisa
Noch heute aus!
．．．．．．．．．Ugolino.
．．．．．．．．．．Hinweg, Geduld! Klar ist's,
Mit den Verschwörern hält es dieser Bube,
Doch schlecht versteht er noch den Späherdienst,
Denn selbst verräth er sich. — (Laut.) Wohl auf den Schutz
Des Erzbischofs bausst Du, daß solcher Sprache,
Wahnsinniger, Du Dich erkühnst? — So wisse,
Als nichts und weniger als nichts ihn acht' ich.
．．．．．．．．．．．Ato.
Schmäh' nur auf ihn! Häuf' Schmach noch auf das Leiden,
Durch das Du seines Lebens Kraft gebrochen!
Du weißt, nicht mehr auf Deiner blut'gen Bahn
Behindern kann er Dich; vollbringe denn
Dein Werk des Unheils, der Zerstörung! bau
Auf Trümmern, über Leichen Dir den Thron!
Was kümmert Dich der Abscheu aller Welt,
Was Dich der Fluch des Himmels?
．．．．．．．．．．．Ugolino.
．．．．．．．．．．．．．．．．．Bube! bau'
Nicht allzuviel auf meine Nachsicht! Leicht
Sonst könnt' ich — —
．．．．．(Plötzlich innehaltend und durch's Gemach schreitend.)

v. Schack, die Pisaner.

Nein! nicht hören will ich, was
Er spricht; um's Haupt mir schwirren böse Geister
Und rissen gern zu jäher That mich fort.
(Plötzlich stillstehend.)
Geh, Knabe, geh! Nur Deiner Jugend wegen,
Nicht als Rebellen strafen will ich Dich,
Wie ich es sollte. Deinetwillen, ja
Um Deinetwillen Dich ermahn' ich: geh!

Guelfo.

Komm, theurer Ato! wider meinen Vater
Vergiß Dich nicht!

Ato
(die Hand an's Schwert legend).

O mich erschreckt er nicht,
Obgleich ich weiß, daß in der Henkerkunst
Er Meister ist. In's Antlitz sag' ich's Dir,
Verderber, die Empörer sind im Recht!
Aufathmen wird die Welt, wenn Deine Herrschaft,
Die unerträgliche, gebrochen ist.
Wenn Ezzelin, der schändliche Tyrann,
An Deiner Statt in Pisa einzieh'n wollte,
Als milder Retter wär' er uns willkommen.
Durch Hunger und durch Elend, Deine Schergen,
Suchst Du auf unsern Nacken fester noch
Das Joch zu schmieden, das sie schwer schon drückt.
Den Hunden und den Geiern ist's ein Fest,
Wenn Du Dich nah'st mit Deiner grimmen Meute,
Der Pest, der Feuersbrunst, dem Würgerschwert.
Wohin Du schreitest, hallt die Luft von Seufzern;
Blut rinnt auf Deinem Pfad wie Thau, die Flüche
Des Volkes sind Dein täglich Mahl — —
(Ugolino, der ihm mit steigender Aufregung zugehört und sich zuletzt zitternd an einer Säule gehalten, hat sich ihm zuletzt mit schwankenden Schritten genähert.)

Ugolino
(ihn mit dem Schwert durchbohrend).

Da, Bastard!
Nun rede weiter!

Guelfo
(über Ato's Leiche hinsinkend).

Ato! o mein Ato!

Ugolino.
Gesorgt ist jetzt, daß er nicht ferner schmäht,
Noch den Verschwörern Kundschaft von mir bringt!

Guelfo.
Mein Freund, mein Einzig-Theurer! Wie es rinnt,
Das rothe Naß, aus seiner Todeswunde!
Für mich, mich vor des Vaters Grimm zu schützen,
Starb er. Und Du hast ihn gemordet, Du,
Den sieggekrönten jugendlichen Helden!
Los sag' ich mich von Dir! — Hinweg von hier!

Ugolino.
Mein Sohn, mein Guelfo! Eh' Du ihn beklagst,
Bedenk': Verrätherisch mit meinen Feinden
Zu meinem Sturze hatt' er sich verschworen,
Und nur Gericht hab' ich an ihm vollstreckt.
(Er will seine Hand fassen.)

Guelfo.
Hinweg mit Deiner blutbefleckten Hand!
Nicht mehr als Vater giltst Du mir!

Ugolino.
Bleib! bleib!
Willst Du das Herz mir brechen?

Guelfo.
Der bisher
Du meines Lebens hoher Leitstern warst,

Gleich einem Gott von mir verehrt, wie nun
Soll ich Dich nennen, Mörder meines Ato?
Ein grauses Schreckbild wirst Du künftighin,
Das Kainszeichen auf der Stirne flammend,
Durch meine Träume schreiten; fort von hier!
Du siehst mich niemals wieder!

(Ab.)

Ugolino.

Sohn! mein Sohn!

(Der Vorhang fällt.)

———

Dritter Akt.

Grabkapelle. Im Hintergrunde mehrere Denkmäler und eine offene, nach Innen dunkle Bogenpforte, die zur Todtengruft hinunterführt. Vorn die Leiche Ato's auf einer Bahre.

Erste Scene.

Gualandi, Lanfranchi, Sismondi, Daniele und mehrere zur Todtenfeier Geladene.

Gualandi.

Ein bitt'res Loos, das ihn betraf! So jung
Zu sterben!

Lanfranchi
(hinten an der Todtengruft).

Ja, so frisch, so lebensfroh;
Jüngst mit dem Siegeskranz geschmückt — und nun
In diese finst're Gruft gesenkt zu werden!

Daniele.

Wie nahm der Erzbischof den Trauerfall?
Ich sah ihn nicht seitdem.

Sismondi.

Stumpf ist der Geist ihm,
Erloschen vom Gedächtniß jede Spur.
Als man die Leiche zu ihm trug, sah er
Sie lang mit starren Augen an und sprach:
„Was soll der Todte hier? Ich kenn' ihn nicht!"

Erst als man oft ihm wiederholt, daß es
Sein Neffe sei, schien er's zuletzt zu glauben,
Doch sagte nur: „Nehmt ihn hinweg und sprecht
Nicht mehr davon!"

    Lanfranchi.
      So herzlos könnt' er sein,
Daß ihn der Tod des nächsten Anverwandten
Nicht grämt?

    Sismondi.
      Ich denke, das hat andern Grund.
Nach allen Zeichen ist sein Lebensende
Nicht fern, und jede Kraft zum Fühlen ihm,
Zu Schmerz, wie Lust, erstorben.

    Daniele (für sich).
      Zeit ist's, um
Das schon Verschob'ne endlich auszuführen;
Die Zeugen hol' ich; wenn der Gottesdienst
Vorbei ist, soll er unterzeichnen. (Ab.)

Zweite Scene.
Vorige, ohne Daniele.

    Gualandi (zu Sismondi).
      Nun?
Beginnt die Todtenfeier nicht? Wir müssen
Bald in den großen Rath, wo heute noch
Der neue Friedensvorschlag der Genuesen
Zum zweiten Mal zur Prüfung kommt.

    Sismondi.
      Bei Gott!
Unnöthig ist's, daß wir zugegen sind;
Schon in der ersten Sitzung blieb kein Zweifel,
Daß alle Stimmen, außer unf're drei,

Mit Ugolin den Frieden wiederum
Verwerfen werden; ja, Lanfranchi selbst
Ist uns nicht sicher.

    Lanfranchi.
     Still! der Erzbischof!

Dritte Scene.

Vorige. Der Erzbischof auf einer Tragbahre, die im Vordergrunde niedergesetzt wird. Er bleibt ruhig, ein Gebetbuch in der Hand haltend und ohne aufzublicken, liegen. Priester und Mönche.

    Priester.
Beginnt die letzte Feier für den Todten!
   (Orgelklang und Gesang.)
  Ite moesti cordis luctus,
  Tristes ite gemitus,
  Lacrymarum ite fluctus
  Et ciete fremitus!
  Corpus totum, os et genae,
  Oculorum lumina,
  Membra, sanguis, cor et venae
  Abeant in flumina!

    Ruggieri.
Genug des Klaggesangs! Ich sagt' Euch schon,
Mein Neffe hat sein Schicksal selbst verschuldet
Und höchlich tadl' ich seinen Uebermuth,
Durch den er so des Grafen Wuth gereizt.

    Lanfranchi.
Ihr tröstet leichter Euch als wir, die Alle
Den Jüngling wir von ganzer Seele liebten.

    Ruggieri.
Nicht er, der nun in Frieden ruht, nein der
Ist zu beklagen, den sein heißes Blut,

Die Mitgift der Natur, die er ja selbst
Nicht ändern kann, zu solcher That getrieben.

Sismondi.

Zu mild seid Ihr; der jähe Tod des Theuern
Schürt mit der Glut des Schmerzes auch zugleich
In unsern Seelen die Begier, im Blut
Des Mörders sie zu rächen.

Ruggieri.

Glaubt mir nur,
Der Graf ist gut von Herzensgrund und wird,
Mag auch sein Zorn gerecht gewesen sein,
Gewiß von schwerer Reue jetzt gedrückt.
Er liebt, ich weiß es, seine Söhne zärtlich,
Und wenn sein Auge nun auf ihnen ruht,
So sagt er sicher, von Gewissensbissen
Gequält, zu sich: Wenn nun ein Anderer
Dir Deine Söhne so getödtet hätte,
Wie würde Dir zu Muthe sein? fürwahr
Er thut mir leid. Lanfranchi, geht zu ihm
Und gebt ihm Trost, damit er sich zu sehr
Nicht härme! Sagt ihm, daß ich ihm nicht zürne
Und mehr der Unbedachtsamkeit des Neffen,
Als ihm, die Schuld des Trauerfalles gebe.

Gualandi (zu Lanfranchi).

Seltsam! Er zollt dem Todten wen'ger Mitleid,
Als dem, der ihn getödtet hat.

Lanfranchi.

Laßt ihn!
Er ist sehr schwach, und was er spricht, zeigt nur,
Wie nah der Geist ihm am Erlöschen ist.

Ruggieri.

Das Sprechen wird mir schwer — ich will allein sein —

Beim Ave, wenn der Todte in die Gruft
Gesenkt wird, kehrt zurück! Vielleicht, daß mich
Bis dahin — Schlaf — —
(Er sinkt zurück.)

Lanfranchi.
Seht, wie er matt zurücksinkt!
Wenn wir ihn nur noch lebend wiederfinden.
(Alle ab bis auf Ruggieri).

Vierte Scene.

Ruggieri (allein).
(Sich aufrichtend, mit wankenden Schritten zu der Bahre hinschreitend und an der Leiche niederknieend).

Nun brich, du lang zurückgedämmte Gluth,
Aus allen Tiefen, den versunkensten
Abgründen meines halbzerstörten Wesens
Brich nun hervor und schmelze jegliches
Gefühl, mein Denken und Empfinden all',
In Deinen Feuerstrom dahin, bis Alles
Ein großer ungeheu'rer Schmerz ist! — Da,
Da liegst Du nun, geliebter Sohn, Du Pfand
Der einzig Theuern, letztes Band, das mich
Mit Menschen noch zusammenhielt! Kalt! starr!
Dein blüh'nder Leib geknickt, Dein süßes Leben
Hinweggetropft! Wen drück' ich nun statt Deiner
An meine Brust? Mit wem nun soll ich plaudern?
Versiegelt hat, mein Knabe, Dir der Tod
Die blassen Lippen, doch Dein stummer Mund
Ruft lauter als Posaunenton der Engel
Beim Weltgericht, und seine Stimme pocht
An aller Herzen Thore, bis der Haß,
Gepanzert und gewaffnet wie ein Held,

Hervortritt, Deines Mörders Haupt zu fällen. —
Hör' mich, o Gott, Du großer Vater Aller,
Hör' eines Vaters Fleh'n! An dieser Leiche,
An der ich elend, kraftgebrochen, siech
Daliege, gieße neues Lebensblut
Mir durch die Adern! Alle Nerven stähle
Und alle Sehnen spann in mir, daß jede
Ganz Mann sei, stark genug, den Mord von Sohn
Und Weib in einer ungeheuern Rache
An dem zu rächen, der in ihnen mir
Das Dasein doppelt hingewürgt. Hör' Gott,
Erhöre mich! In Deinem Feuer schmiede
Mir diesen welken Leib zum eh'rnen Schwert,
Zum doppelschneid'gen Werkzeug meiner Seele,
Daß sie, mit ihm bewehrt, all' ihren Grimm
In Strömen Blutes lösche; und nicht eher
Nimm von der Erde dieses Schwert hinweg,
Bis unter ihm die Schlachtbank ächzt
Und seine Klinge, morsch vom Morden, bricht! —
Ja, Herr, ich fühl' es, Du erhörst mein Fleh'n;
Schon raff' ich mich empor und Jugendstärke
Schwellt mir die Glieder; jeder Puls klopft Thatkraft;
An's Werk, an's Werk!
(Daniele tritt auf.)

Fünfte Scene.
Ruggieri. Daniele. Dann Diener.

Daniele.
Ei seht doch! Habt Ihr in den alten Knochen
Noch so viel Kraft, um aufzustehen, Vetter?
Da trifft sich's gut, daß eben auch die Zeugen
Bereit steh'n, um mir Eu'r Vermächtniß zu
Bestät'gen. Ist's Euch recht, so ruf' ich sie.

Ruggieri.

Gewiß, Daniele; aber gieb wohl Acht,
Daß d'runten in der Gruft — komm her, ich will's
Dir zeigen — —

Daniele.

Laßt das jetzt; die Zeugen warten.

Ruggieri
(im Hintergrunde an dem Eingange zur Gruft).

Gleich, gleich! Gieb Acht! Den Platz da zwischen den
Zwei weißen Särgen merk' Dir — sieh scharf zu!
Denn tief und dunkel ist es — trag mir Sorge,
Daß meines Neffen Sarg an jener Stelle
Bestattet werde!

Daniele.

Vetter, nicht? für Euch
Auch darf ich b'runten einen Platz bestellen?
Was hilft's? gebt Euch zufrieden! Auf die Rache
An Ugolino müßt Ihr doch verzichten.
Zum Herzog wählt man morgen ihn!

Ruggieri (ihn packend).

O Schurke!
Dem Tiger bist Du in die Klau'n gefallen.

Daniele.

Um Gott, was habt Ihr, Vetter? Eure Arme
Zermalmen mich wie eh'rne Hämmer.

Ruggieri.

Wimm're nur,
Es hilft Dir nichts, Verräther!

Daniele (schreiend).

Hülfe! Hülfe!

Ruggieri.
Hinab mit Dir und fleh' die Steine an,
Daß sie Dir unten nicht das Haupt zerschmettern!
(Er stürzt Daniele in die Gruft hinab. Diener eilen herein.)
Diener.
Was giebt's? wer ruft hier?
Zweiter Diener.
Seht den Erzbischof,
Ganz aufrecht steh'nd! Zum Riesen ist er plötzlich
Geworden!
Andere.
Welch' Geschrei erscholl?
Ruggieri.
Daniele
Ist in die Todtengruft hinabgestürzt
Und hat im Fallen sich das Haupt zerschmettert.
(Leise gegen die Gruft hin.)
Wo sind die Zeugen, Vetter? noch nicht hier,
Dein Erbe zu bestätigen?
(Laut.)
Ach, Theurer!
Ach, Heißgeliebter! Meines Alters Stütze
Hofft' ich in Dir zu finden; nun für immer
Ist mir der letzte Trost mit Dir geraubt.
(Pause.)
Tragt diese Bahre fort! Im Dome selbst
Will ich ein Grabmal für den Todten bau'n.
(Zu einem andern Diener.)
Du geh', um mir die Sänfte zu bestellen!
Ich will zur Sitzung in den großen Rath!
(Er geht ab; die Diener folgen erstaunt.)

Verwandlung.
Große Halle mit Sitzen für die Versammlung des großen Raths.

Sechste Scene.
Ugolino. Cornelia.

Ugolino (halb für sich).
Daß doch der Arm, dem feilen Höfling gleich,
Der allen Launen seines Herrn schmeichelt,
Jedweder Wallung uns'res Bluts sofort
Gehorcht und Thaten so vollbringt, die wir,
Wenn's wieder ruhig fließt, bereu'n. War wirklich
Die Schuld des frechen Jünglings so erwiesen,
Wie ich es wähnte? Gab es Ketten nicht,
Fußblöcke, Kerker, seinen Trotz zu brechen?
Doch dieser Tod, wenn aus erlosch'nen Augen
Uns ein gebroch'nes Leben anstarrt, läßt
Uns neben Mitleid auch noch das Gefühl,
Daß unbesiegt der Wille des Gefall'nen
Uns fort und fort noch trotzt.

Cornelia.
Ach, unser Guelfo!
Wo ist er nur? Seitdem sein Freund, sein Ato,
Hinsank, verschwand er spurlos.

Ugolino.
Tröste Dich!
Schon sandt' ich ringsum Boten nach ihm aus.

Cornelia.
Die Beiden liebten sich so sehr! Sie waren
So wie zwei Knospen an demselben Zweig,
Die an demselben Sonnenstrahl erblüh'n
Und von demselben Thau sich nähren.

Ugolino (für sich).
Daß
Gerade der, den ich zumeist geliebt,

Für den ich rang und strebte, plötzlich mich
Verlassen muß!

Cornelia.

Von seines Freundes Leiche ist
Er sinnlos fort durch's Thor der Stadt gerannt,
Und hat den Weg, wer weiß wohin, genommen.
O niemals, niemals sehen wir ihn wieder!

Ugolino.

Bist Du das Weib, von dem ich oft gesagt,
Des stärksten Mannes Seele wohn' in ihr,
Bräch' über uns der Himmel auch zusammen,
Du wanktest nicht?

Cornelia.

So plötzlich, so auf einmal
Stürmt Alles auf mich ein. Auch Gaddo bleibt
So lang auf seiner Sendung fort.

Ugolino.

Du rechnest
Der Zeit jedweden Pulsschlag vor, zu dem
Die Sorge schneller Dir das Blut treibt. Glaub':
Hätt' er sich selbst den Blitz als Roß gesattelt,
Mit Deines Bruders Antwort könnt' er noch
Zurück kaum sein. — Nun laß mich! Gleich versammelt
Sich hier der große Rath, um die Verwerfung
Des frechen Friedensantrags auszusprechen,
Durch den uns Genua auf's neu' beschimpft.

Cornelia.

Auch das quält mich, daß Du so starr beim Krieg
Beharrst. Die wen'gen Freunde selbst, die noch
Dir bleiben, wirst Du Dir dadurch entfremden.

Ugolino.

Sprich selbst, Cornelia, kann ich anders handeln

Und wäre Umkehr möglich? Bis hierher
Sollt' ich durch Schrecknisse und Kampf und Blut
Gedrungen sein, damit jetzt wie ein Schwank
Des Carnevals das Ganze ende? Nein!
Fest, unverrückbar, wie des Himmels Pol,
Vor meinem Geist steht mein erhabnes Ziel,
Und, könnt' ich selber wanken auf dem Gang,
Fortreißen würd' ein unsichtbarer Arm
Mich auf dem dunkeln Pfad. Schon in Volterra,
In Siena ward mein Banner aufgepflanzt;
Und über ganz Italien nach und nach,
Das große, Eine, sollst du's flattern seh'n.

    Cornelia.
Und die Gefangenen ließest Du für immer
In Genua schmachten?

    Ugolino.
      Was bedeuten neben
Dem Vaterlande Freiheit, Leben, Glück
Von Dem und Jenem? Selbst bin ich bereit,
Das meine ihm zu opfern. Auch noch Eins
Sag' mir: Wenn die fünftausend Ghibellinen,
In denen aller alte Haß seitdem
Fortwuchernd riesig angewachsen ist,
Wenn sie zurück jetzt kehrten, eh' ich mir
Den Herrschaftssitz noch fest gegründet, könnte
Der Erzbischof ein furchtbar Heer in ihnen
Nicht finden, um es wider mich zu führen?

    Cornelia.
Ruggieri? Sterbenskrank ist er und denkt
Eh'r an sein Seelenheil als an den Kampf.

    Ugolino.
Es sei: als todt nehm' ich ihn an; doch würde

Nicht ohne ihn auch jene Horde, wenn
Entfesselt, dieses Land durchtoben? würde
Mit ihr nicht neu der alte Rottengeist
Bei uns einzieh'n, und von der grimmen Meute
Alles, was ich geschaffen und gesät,
Zertreten werden?
    Cornelia.
      Also die Fünftausend,
Im Kerker sollen sie ihr Leben enden?
    Ugolino.
Zum Trost Dir sag' ich: nein! Nur muß zuvor
Das Volk in allen seinen Gliedern mir
Wie ein gebändigt Roß gehorchen; dann
Will ich, ich selber die Gefangenen
Befreien. Aber schmählich nicht für Gold,
Nein mit dem Schwert einlösen, im Triumph
Nach Pisa führen will ich sie. — Genug!
Der große Rath versammelt sich.
    Cornelia.
      So geh' ich,
Zu hören, ob von Guelfo Kunde kam.
    (Ab.)
(Die Mitglieder des großen Raths, unter ihnen Lanfranchi,
Gualandi und Sismondi treten ein und nehmen Platz, Ugolino auf
erhöhtem Sitz in der Mitte, ihm zunächst Lanfranchi.)

Siebente Scene.

Ugolino. Lanfranchi. Gualandi. Sismondi. Später der genuesische Gesandte. Später Ruggieri.

    Ugolino.
Geladen, werthe Herren, hab' ich Euch,
Damit vereint, so weit Unwillen über
Ihr schmählich Anerbieten es erlaubt,

Wir den Genuesen Antwort geben. — Führt
Den Abgesandten vor!
(Der genuesische Gesandte tritt auf.)

Ugolino.
Gehör wird Euch
Zum letzten Mal von uns vergönnt. Habt Ihr
Im Namen Genua's And'res noch zu sagen,
Als was wir schon vernommen?

Der Gesandte.
And'res nicht,
Doch nochmals biet' ich und auf's dringlichste
Im Namen der erlauchten Republik
Euch Frieden an. Besinnt Euch wohl, eh' Ihr
Ihn ausschlagt und den eigenen Untergang
Erwählt. Gering nur stellten wir den Preis.
Pisa zahlt hunderttausend Unzen Goldes
An Genua, übergibt an uns die Inseln
Capraja und Gorgona und verspricht,
Daß seine Schiffe stets, wenn sie den unsern
Begegnen, ihre Flagge senken sollen.

Ugolino.
Seid Ihr bei Sinnen, daß Ihr abermals
Bedingungen zu nennen wagt, auf die
Das Schwert allein als Antwort taugt?

Gesandter.
Mein Auftrag
Ist streng gemessen. Willigt Ihr nicht ein,
So trägt mich die Galeere heute noch
Zurück.

Ugolino
(indem er den Gesandten abführen läßt).
Genug! man wird Euch wieder rufen.

(Zu der Versammlung.)

Ihr Herrn! Ich denke, Vollmacht gebt Ihr mir,
Um diesen da mit bündigem Bescheid
In Aller Namen abzufertigen;
Denn gestern schon, als er zuerst den Antrag
Uns stellte, wies die Röthe der Entrüstung,
Auf Euren Stirnen flammend, jedes Wort
Der frechen Botschaft, wie sich ziemt, zurück.

Sismondi.

Mich, Graf, nehmt aus! Ich stimme für den Frieden.

Gualandi.

Und ich.

Erster Rathsherr.

Glaubt mir, wir stimmten gern mit Euch, allein
Woher die hunderttausend Unzen nehmen?
Leer ist der Staatsschatz; kehrt wie einen Sack
Ganz Pisa um, auch nicht der vierte Theil
Der Summe kommt heraus!

Zweiter Rathsherr.

Ja, wenn Graf Ugolin,
Wie er den Krieg allein aus seinem Schatz
Bestreitet, also uns das Glück des Friedens
Erkaufen wollte —

Ugolino.

Sagt, den Schimpf, die Schande!
Ihr Zöllnerseelen, an den gelben Staub
Denkt Ihr allein, und wüßtet Ihr, wo Ihr
Ihn finden könn't, Ihr liefertet zwei Inseln,
Zwei Theile dieses Mutterbodens, d'rauf
Ihr steht, den Feinden aus; Ihr duldetet,
Daß uns're Flagge, die Jahrhunderte
Hindurch das Weltmeer herrschend überflog,

Nun, sich verneigend, aller Welt verkünde:
Pisa ist hin! Nein, nein, mein letztes Gut
Verpfänd' ich, wo's dem Vaterlande gilt,
Doch einzig, um im Kampfe seinen Ruhm
Glorreich so wie ein leuchtend Morgenroth
Aus dem Gewölk der Schmach heraufzuführen,
Das ihn umnebeln will.

Dritter Rathsherr.

Erhitzt Euch nicht!
Unthunlich scheint auch uns der Friedensschluß.

Ugolino.

Wohlan, wer von den Gliedern dieses Raths
Für Unterhandeln mit dem Feinde stimmt,
Erhebe sich, daß man ihn kennen mag.
(Sismondi und Gualandi erheben sich.)
Zwei also sind's doch nur, die selber so
Sich aus den Reihen der Pisaner streichen;
Ihr Name wird fortan ein Schmähwort sein;
„Ein Judas" wird es heißen, „ein Sismondi".

Sismondi (das Schwert ziehend).

Das ist zu viel der Frechheit!

Gualandi (desgleichen).

Hütet Euch!

Ugolino.

Vor Euch! Nun wahrlich — —

Lanfranchi.

Ruhe, Ruhe hier!
In diesem Rath, Graf Ugolin, hat Jeder
Das Recht zu stimmen, wie das Herz ihn drängt.

Dritter Rathsherr.

Weitaus die Mehrzahl ist für die Verwerfung
Des Friedens; gebt in ihrem Namen dem
Gesandten den Bescheid!

Ugolino.

Laßt ihn herein!
(Der Gesandte wird wieder hereingeführt).

Ugolino.

Da wir annehmen müssen, daß Du kamst,
Um uns durch Deinen Vorschlag zu beschimpfen,
So dank' es uns'rer Milde nur, daß wir
Dein blut'ges Haupt nicht als Erwiderung
Der Botschaft heim nach Genua senden! Kehr'
Zurück und zu dem übermüthigen
Senate sprich: „Auf Eure Warten klimmt
Und schaut in's Meer hinaus! Schon finster wie
Ein Wetter steigt in tausend Schiffen dort,
Mit Sturm befrachtet, Pisa's Antwort auf.
Ja schaut nur hin! wie Fieberfrost wird Euch
Der Anblick schütteln! So viel Unzen Goldes
Ihr fordertet, so viele Schwerter sollt
Ihr blitzen seh'n: von unsern Wurfgeschossen
Soll jeder Stein in Genua zermalmt,
Soll Mau'r und Wall zu hunderttausend Trümmern
Zerschmettert werden, daß ganz Genua,
Als eine große Masse Schutt in's Meer
Versinkend, Euren Hafen dämmt." — Ihr seid
Entlassen!

Gesandter.

Nun, beim Himmel, schwer sollt Ihr
Bereu'n; zehnfach wird das, was Ihr uns droht,
Auf's Haupt Euch fallen und ein Hochgericht,

Von uns erbaut, soll bald die Stätte künden,
Wo Pisa stand!
(Der Gesandte wird abgeführt. Erzbischof Ruggieri, auf einen Stab
gestützt, tritt auf.)

Viele Stimmen.
Der Erzbischof! Ist's möglich?

Lanfranchi.
Vorhin noch schien er mit dem Tod zu ringen.

Ruggieri.
Verzeiht, Ihr Herrn, daß ich, ein siecher Greis,
Der mühsam nur vom Krankenlager sich
Aufraffte, mich in Eure Mitte dränge!
Obgleich ein Mitglied dieses Raths, bin ich,
Da Leiden mir den Geist gebrochen, doch
Nicht werth, im Kreis so tief erfahr'ner Männer
Von Dingen uns'res Staates mitzureden,
Auch komm' ich dazu nicht, nein, nur um das,
Wozu der Seelendrang mich treibt, Euch kurz
Und schlicht zu sagen.

Viele Stimmen.
Sprecht, Ruggieri, sprecht!

Ugolino.
Bringt Ihr nichts Wicht'ges, Erzbischof, so thätet
Ihr besser, uns're Sitzung nicht zu stören.

Viele Stimmen.
Nein, nein, Ruggieri hat das Wort.

Ruggieri.
In zwei
Minuten ist's gesagt; dem Tode nah,
Hab' ich erwogen, wem ich Gut und Habe,
Womit mich Gott gesegnet, hinterließe.

Nachdem Graf Ugolin mir nun den Erben,
Gewiß für ein sehr sträfliches Vergeh'n,
Getödtet, steht kein And'rer meinem Herzen
Gleich nah wie diese Stadt, und da mir selbst
Der irdische Besitz zur Last geworden,
So hab' ich eben an das Volk vertheilt,
Was für die Hebung seiner schlimmsten Noth
Zunächst genügen wird; im Uebrigen
Mein sämmtliches Besitzthum, meine Güter
Am Arno, sowie hunderttausend Unzen
Gemünzten Gold's verleih' ich laut der Schrift hier
Als Schenkung an das vielgeliebte Pisa.
Der große Rath in seiner Weisheit mag
Darüber zu des Staats und Volkes Wohl
Verfügen, wie es ihm am besten dünkt.
(Er übergiebt die Rolle an Lanfranchi.)

####### Viele Stimmen.
Dank, Dank, Ruggieri!

####### Andere.
      Wie ein Rettungsengel,
Von Gott gesandt, erscheint Ihr unter uns.

####### Ugolino.
Jauchzt nicht zu früh, Ihr Herrn! der Erzbischof
Kann seine Güter nicht verschenken. Dringend
Ist er verdächtig, mit dem Feind Verkehr
Zu pflegen und nach dem Gesetz leg' ich
Beschlag auf sein Besitzthum, um, wofern
Sich der Verdacht bewährt, es einzuzieh'n.

####### Viele Stimmen.
Wie? Von dem Abgott der Pisaner, von
Dem Edelsten, dem Frommsten sprecht Ihr so?

Lanfranchi.
Und wenn Ihr wirklich seine Güter einzög't,
Wär's nicht dasselbe? fielen sie dem Staat
Nicht dann ganz so wie jetzt anheim?

Ruggieri.
Thut, was Ihr wollt und könnt, Graf Gherardesca;
Die Schenkungsakte ist beim großen Rath,
Denk' ich, wohl aufgehoben.
(Uppezinghi tritt auf und bringt dem Ugolino ein Schreiben, welches
dieser während des Folgenden liest.)

Uppezinghi (leise zu Ugolino).
Euer Gaddo
Bringt eben dieses Schreiben. Eine Heerschaar,
Die Euch Eu'r Schwager Guido sendet, harrt
Am Thor auf Einlaß.

Viele Stimmen.
Wenn wir Alle auch
Das Leben für Euch opferten, Ruggieri,
Ihr hättet doch noch mehr um uns verdient.
(Die Rathsherren drängen sich, ihm Dank sagend, um Ruggieri).

Ruggieri.
Laßt! laßt doch! Was denn that ich, Euern Dank
Mir zu erwerben, der ich für so viele
Wohlthaten, für so viele Liebe längst
Eu'r Schuldner bin? Vielleicht war dies auf Erden
Mein letzter Gang; geleitet auf den größern
Von ihr hinweg, den ich nun bald betrete,
Mich mit Gebeten und mit Segenswünschen,
Wie ich an Euch und Pisa liebevoll
Da drüben denken werde. — Matt
Bin ich, sehr matt. Vergönnt mir, mich zu setzen!
(Er läßt sich im Vordergrunde auf einen Sessel nieder.)

Lanfranchi (zu Sismondi).
Seht Ihr? In aller Stille hat er mehr
Für uns gethan, als Ihr und irgend wer!
Erhielte Gott ihn nur am Leben noch!

Ein Rathsherr.
O Freude! meine Söhne werb' ich wieder
Umarmen!

Ugolino
(wieder zu ihnen tretend).
Ist der Schwätzer endlich still?
So laßt uns denn berathen, wie mit Macht
Der Krieg zu führen sei — —

Viele Stimmen.
Der Krieg? Träumt Ihr?

Lanfranchi.
Ihr müßt vergessen haben, daß die Summe,
Die, weil sie unerschwinglich schien, allein
Das Hinderniß des Friedens machte, jetzt
In unsern Händen ist.

Viele Stimmen.
Ruft den Gesandten
Zurück! Noch heut' sei der Vertrag geschlossen!

Ugolino.
Bin ich hier unter Kindern oder Narren?

Lanfranchi.
Wie? seid Ihr and'rer Meinung? fast ja scheint es!
Da gilt es festzustellen, wie die Mehrzahl
Im großen Rathe stimmt; sie gibt den Ausschlag.
Nehmt Platz! (Alle Rathsherren setzen sich.)

Wer von den Gliedern dieses Raths
Den Friedensabschluß will, erhebe sich!
(Alle, außer Ugolino, erheben sich.)
Mit allen Stimmen außer der des Grafen
Ist Genua's Friedensvorschlag angenommen.

Ugolino.
Verdorren mag die Zunge, die das spricht,
Austrocknen das Gehirn, das solche Schande
Nur denken könnte! Wie? Ihr Miethlinge!
Jahrhunderte von Glanz und Ruhm, die eben
Auf's Neu' den Siegeslauf beginnen sollten,
Wollt in den Staub Ihr niedertreten, wollt
Die hehre Stadt, die Kön'gen ehedem
Gebot, zu aller Völker Spott und Hohn
In's schmachbefleckte Grab hinunterstoßen,
Auf dem das Unkraut, die Verachtung, wuchert?

Sismondi.
Ihr redet irr! Daß wir zwei wüste Inseln
Abtreten, wahrlich das entehrt uns nicht.

Gualandi.
Dagegen Euch erscheint es glorreich wohl,
Wenn uns're Straßen durch die Tausende
Gefangner Bürger so entvölkert sind,
Daß man im Sprichwort sagt: wer Pisa seh'n will,
Der muß nach Genua geh'n?

Lanfranchi.
        Graf Gherardesca!
Fügt Euch der Mehrheit! der Beschluß steht fest.

Ugolino.
Und ob Ihr Alle, ob Ihr hundertfach
Es sagt, in Eu're Reihen schleudre ich

Mein Nein, und dieses Nein soll, wie der Bergstrom
Vom Felsen stürzend, Alles niederwälzen,
Was sich entgegenstemmt!

   Viele Stimmen.
      Hört, hört, er trotzt uns!
   Ugolino.
Geht hin, Mattherzige! wenn's Euch gelüstet,
Verdingt dem Frembling Euch um Schandensold!
Doch über das, was hier geschehen soll,
Bin ich der Herr.

   Lanfranchi.
    Im Rath der Erste nur
Seid Ihr, nicht Herr.

   Ugolino.
     Bei Gott! ich will's Euch zeigen
Und ganz Italien soll es seh'n. Wenn auch
Die Heil'gen selbst, die Engel den Vertrag
Besiegelten, in Stücke riss' ich ihn
Und würf' ihn den Genuesen in's Gesicht.

   Ein Rathsherr (eintretend).
Ein Freudentaumel füllt die ganze Stadt;
Schon drängt in frohen Gruppen draußen sich
Das Volk, da durch die Zufuhr von den Gütern
Des Erzbischofs die Noth gelindert ward
Und jedes Herz des nahen Friedens wegen
Voll Jubel ist.

   Ein Anderer.
    Sie schwenken ihre Hüte
Und lassen Fahnen weh'n; sogar Musik,
Die lange hier verstummt war, läßt sich hören,
Gesang und Pfeifenklang.

(Man hört von der Straße her Musik und Rufe: „Hoch der Frieden! Es
   lebe der große Rath!")

Ugolino.
Ja jauchzt nur, jauchzt,
Gesindel! feiert mir den großen Fasching,
Den Mummenschanz auf dieser Narrenbühne,
Die man die Welt heißt! Jubelt, weil der Feind
Großmüthig Euch den Bissen reicht, um den
Ihr betteltet! Ersticken werdet Ihr
An diesem Sodomsapfel! Was von Frieden?
Er ist die Knechtschaft, ist der Untergang,
Der Doppeltod der Ehre und des Seins.

Sismondi.
Haha! Der Prahler! Große Reden führt
Er stets im Mund von Pisa's Ruhm und Ehre,
Doch meint nur seine eig'ne Macht.

Gualandi.
Wißt Ihr,
Warum er den Vertrag durchaus nicht will?
Weil die Gefang'nen allgesammt ihn hassen,
Und ihn, sobald sie frei sind, stürzen werden.

Viele Stimmen.
Ja, ja, das ist's!
(Ugolino spricht leise zu Uppezinghi, welcher sodann abgeht.)

Sismondi.
Sagt, Ugolin, Ihr denkt
Das Wiedersehen der fünftausend Freunde
Doch durch ein Fest zu feiern?
(Gelächter in der Versammlung.)

Gualandi.
Trinkt dabei
Auf's Wohl des Erzbischofs! er hat's verdient!
(Gelächter.)

Ugolino.

Beim Himmel! Ihr verworfenes Gezücht,
Ich will Euch lachen lehren! Geißeln soll
Man Euch zum Saal hinaus bis auf den Markt,
Damit das Volk in seiner tollen Lust
Eu'r Blut vom Boden leckt.

Lanfranchi.

      Ich heische Stille!
(Mit lauter Stimme.)

Pisa's Gesetz bestimmt: Wer dem Beschluß
Des großen Raths zu trotzen wagt, sei er
Auch zum Podesta, ja zum Oberherrn
Der Republik auf Lebenszeit erwählt,
Verfällt als Hochverräther in den Bann.

Ugolino.

Mag sein, wenn noch ein großer Rath besteht,
Doch er hat aufgehört und seine Glieder
Sind als Rebellen wider mich verhaftet!

(Er zieht eine Glocke; Uppezinghi tritt mit Bewaffneten ein; wie diese auf die Rathsherren eindringen, springt Ruggieri auf, reißt sein geistliches Gewand ab und steht in voller Waffenrüstung mit gezücktem Schwerte da.)

Ruggieri.

Zurück!

(Allgemeines Staunen. Ugolino und die Seinen weichen betroffen zurück. Sismondi, Gualandi und ein Theil der Rathsherren ziehen die Schwerter.)

Ihr blickt auf mich mit Staunen, und erkennt
Den siechen, schon zum Grabe wankenden
Ruggieri nicht? Erfahrt! Vom jähen Rand
Des Todes riß die Hand des Herren mich
Empor; mit neuem Lebensodem hat
Er mich getränkt und diese Glieder mir
Gehärtet, daß sie Stahl geworden, gleich

Dem Harnisch, den sie tragen. So gerüstet,
Die Seele selber eisern wie der Leib,
Tret' ich hervor, den großen Kampf zu kämpfen,
Der meines Lebens Werk besiegeln soll.
Was sag' ich Kampf? Die Hand nur streck' ich aus
Und mir entgegen, Wüthrich, taumelst Du,
Zerschmettert mir zu Füßen sinkst Du hin.
Erbleichst Du nun? Gerinnt in Deinen Adern
Das Blut? Sieh da vor Dir den Priester,
Der nie ein Schwert geführt!

Ugolino (zu den Bewaffneten).

Was zögert Ihr?
Packt den Verräther und die andern Schurken!

Uppezinghi (zu Ugolino).
Von Deinen Kriegern, Herr, verweigerten
Mir viele den Gehorsam, und schon strömt
Ringsher das Volk in Waffen zu Ruggieri
Heran. Eh' er ein Heer um sich gesammelt,
Gilt es, die Kriegsschaar, die am Thor steht, in
Die Stadt zu schaffen. Komm! verloren bist
Du sonst.

Ugolino.
Dein Rath ist gut.

(Ugolino und Ruggieri stehen einander gegenüber, Jeder von seinen Anhängern umgeben und sich gegenseits mit Blicken messend.)

Lanfranchi (zu Ruggieri).

Verschiebt den Kampf,
Bis sich die Euren all' um Euch gesammelt.
Noch überlegen ist er Euch.

Ruggieri (zu Ugolino).

Blödsichtiger!
Erkennst Du nun, wie ich geheim gewirkt?

Im Stillen brütet das Gewitter, in
Der Stille reift der Erbstoß, der die Länder
Zerstampft und Städte in den Abgrund schlingt.
Damals, als Du mich aus der Macht verdrängtest,
Dämmt' ich die Wuth, obgleich wie Lavaströme
Sie siedend quoll, zurück in meine Brust
Und ließ Dich schalten, ließ Dich ungestört
Durch Deine tolle Herrschsucht selbst den Sarg
Dir zimmern; als ich sterbend dalag, fristete
Die Hoffnung Deines nahen Sturzes mir
Das Leben; jede Unthat, die Du übtest,
War mir ein Sieg; in jedem Mord, den Du
Vollbrachtest, feierte ich Deinen Fall
Voraus. Wie ich verborgen unterdeß
Die Fäden spann, die Dich umgarnen, die
Den Schwindelnden, vom Abscheu aller Welt
Belastet, in die Tiefe reißen sollten,
Das sieh, nun Du das Maaß der Frevel bis
Zum Rand gefüllt!

Ugolino.

   Da draußen auf dem Feld
Der Schlacht, Großsprecher, tritt mir gegenüber!
Heer gegen Heer laß uns entscheiden, wem
Von uns noch Platz bleibt bei den Lebenden!
Der Himmel, unter dem die Erde kreis't,
Hat keine Luft zum Athmen für uns Beide.

Ruggieri.

Wohl denn! Zwar hier durchbohren könnt' ich Dich,
Allein zu arm an Blut sind Deine Adern,
Als daß es meinen Rachdurst löschen könnte.
Geh', ordne Deine Schaar! nach Schlachtgetöse
Donnerndem Heergewog und Lanzensausen

Lechz' ich und will erst dann Dich wiederseh'n,
Wenn all' die Deinen um Dich her als Leichen
Das Schlachtfeld decken, wenn allein, schmachvoll
Verlassen und verrathen Du dastehst
Und auch der Letzte, welcher Dir noch blieb,
Laut lachend Deine Todesangst verhöhnt.
Umsonst hoffst Du, Du könntest mir entrinnen!
Der Boden unter Deinen Füßen selbst
Empört sich wider Dich, im ganzen Raum
Suchst Du umsonst nach einem Platz, der Dich
Vor meinem Ingrimm schützte!

   Ugolino (zu den Kriegern).

        Kommt! — Zu spät
Wirst Du gewahren, Thor, wie schon mein Blick,
Der sieggewohnt die Heeresschaaren lenkt,
Verderben schleudert. Aber nein! unwerth
Fast ist es meiner, selber wider Dich
In's Feld zu zieh'n. Den jüngsten meiner Söhne
Zu senden, wär' genug.

  (Ugolino mit Uppezinghi und den Kriegern ab.)

Achte Scene.

Vorige, ohne Ugolino, Uppezinghi und die Krieger.

   Lanfranchi.

      Erstaunt, doch hocherfreut,
Seh'n wir, Herr Erzbischof, Euch so verwandelt;
Ein Wunder Gottes ist es.

   Sismondi.

        Endlich also
Gesellt Ihr Euch zu unserm Haß?

Ruggieri.

Haha!
Ihr macht mich lachen, wenn von Haß Ihr sprecht!
Was ist der Eure neben meinem? Was
Ein Windesfächeln neben dem Orkan,
Der Bäume aus der Wurzel reißt?

(Eine große Menge bewaffneten Volkes dringt in die Halle.)

Volk.

Heil! Heil!
Ruggieri!

Lanfranchi (zu Ruggieri).

Seht! von allen Seiten strömt
Das Volk zu Euch heran! Der ganze Platz
Ist voll Gewaffneter, die Eures Winks
Nur harren, Euch zum Kampf zu folgen.

Gualandi (zu Ruggieri).

Stolz
Sind wir, daß Ihr in uns're Reihen tretet!

Ruggieri.

In Eure Reih'n, Ihr Thatenlosen, ich,
Der Alles ich vollbracht? Vernehmt vielmehr:
Allein vermag den Kampf ich auszustreiten
Und anders nicht vergönn' ich Euch, mit mir
Zu zieh'n, als wenn Ihr schwört, in meine Hand
Das ganze Rachewerk zu legen. Was
Erlittet Ihr, das nicht von meinem Leid
Verschlungen würde, wie vom Ocean
Die Ströme all? Der König der Gekränkten
Bin ich, und wer an Ugolino's Haupt,
Das mir verfallen ist, zu rühren wagt,
Zu Boden schlag' ich den! Schwört gleich den Eid!
Wo nicht, so legt die Waffen ab!

Alle (außer Sismondi).

Führ' uns!
Wir schwören Dir Gehorsam!

Sismondi.

Beide Brüder hat
Mir Ugolin erschlagen, unser Schloß,
Das schönste derer, die am Arno standen,
Verbrannt: wie sollt' ich nicht mit eig'ner Hand
Mich an dem Unhold rächen? Fordert and'res,
Doch dies gelob' ich nicht!

Ruggieri
(zu dem bewaffneten Volk).

Werft ihn in Ketten!

Lanfranchi.

Ras't Ihr, Ruggieri?

Ruggieri.

In die Ketten, sag' ich,
Mit ihm! und eh'r nicht soll man ihn d'raus lösen,
Bis er geschworen, mir nicht in das Amt
Zu greifen.
(Sismondi wird gefesselt.)

Sismondi.

Helft mir!

Gualandi.

Was vermögen wir?
Er hat die Macht!

Sismondi.

Wohl! was die Anderen
Euch schwuren, Erzbischof, gelob' auch ich.
(Man hört Sturmgeläut.)

Ruggieri.

So laßt ihn frei! — Hört Ihr vom Schloß des Grafen

Die Glocke dröhnen, welche seine Banden
Zum Kampfe ruft? Doch laut'res Sturmgeläut'
Vom Thurm des Doms mahnt alles Volk, in Waffen
Sich wider den Tyrannen zu erheben.
Ein Kreuzzug ist's, zu dem wir zieh'n. Ihr Alle,
Die Ihr mir folgt, empfangt darum von mir
Der Kirche Segen! Kraft derselben Macht,
Die mir der Herr verliehen, aber sei
Der Gottesfeind und Schänder dieses Staats
Geächtet und dem ew'gen Fluch geweiht.
Verflucht sei er vom Wirbel bis zur Zehe,
Verflucht der Boden, der ihn trägt, die Hand,
Die Speis' ihm reicht, die Luft, in der er athmet.
Sein Leichnam soll der Hunde Beute werden,
Verschwinden sein Geschlecht, daß nichts von ihm
Auf Erden bleibt als die Erinnerung
An ihn, wie die an eine Pest, von der
Man sagt: sie ist nicht mehr. Fluch aber treffe
Auch den bis in das zehnte Glied, der anders
Die Hand an ihn zu wagen legt, als um
An mich ihn auszuliefern; mir gehört er
Zur Achtvollstreckung! Meines Ato Geist,
An dessen Leiche Gott mich mit dem Schwert
Der Rache gürtete und glühend Erz
Mir durch die Adern strömte, wird von droben
Herniederschauen und versöhnt mir lächeln,
Wenn seines Mörders Haupt mein Tritt zermalmt!

(Ruggieri wendet sich zum Abgehen, Alle folgen ihm.)

(Der Vorhang fällt.)

Vierter Akt.
Saal in Ugolino's Palast.

Erste Scene.
Cornelia. Zu ihr tritt Uppezinghi.

Cornelia.
Sprich nicht! Dein bleiches Antlitz kündet schon
Die Schreckensposten, die Du bringst.

Uppezinghi.
         Nicht so,
Gebieterin! noch ist nicht Alles, wie
Du meinst, verloren.

Cornelia.
     O ich sah's, wie Mann
Auf Mann im Kampfe meinen Ugolin
Verließ? was suchst Du mich zu täuschen?

Uppezinghi.
          Wunder
Der Tapferkeit vollbrachten Dein Gemahl
Und Deine Söhne, die, gleich wie ein Schwarm
Von jungen Adlern um den alten flattert,
Hierhin und dort ihm folgten; um sie stob
Der Pfeile und der Wurfgeschosse Hagel,
Doch durch die dichten Schauer drangen sie,

Die Feinde niederwetternd; dreimal sank
Des Grafen Roß, und ehern, unzerbrechlich,
Rafft' er vom Sturz sich dreimal auf, den Seinen
Zum Siege winkend; doch mit immer frischen
Streitkräften brach Ruggieri wider ihn
Heran —

     Cornelia.
Der Schreckliche!

  Uppezinghi.
      Ich sage,
Von ringsher wider Euern Gatten schwoll
Der Feinde Heer, als würden alle Steine
Am Boden zu lebend'gen Kriegern; endlich
Verließ die Seinigen der Muth; doch er
Mit seinen Heldensöhnen kämpft noch fort,
Und, wenn er unversehrt dies Schloß erreicht,
Kann er sich hier behaupten, bis Entsatz
Ihm wird.

    Cornelia.
  Geh', guter Uppezinghi, eile,
So lang' der Weg noch frei ist, nach Certaldo
Zu meinem Bruder, daß er schleunig uns
Zu Hülfe kommt! Auch Guelfo, unsern Sohn,
Such' zu erkunden; wenn er unsre Noth
Vernimmt, wird er die Freunde Ugolins
Um sich versammeln und mit solchem Heer
Nach Pisa fliegen.

  Uppezinghi.
     Herrin! Dein Gebot
Hab' ich geahnt; gesattelt steht mein Roß
Und nach Certaldo spreng' ich ungesäumt.

      (Ab.)

Zweite Scene.

Cornelia. Später Ugolino. Gaddo. Ugo. Anselmo.

Cornelia (an's Fenster tretend).
Weh! Schwertgeklirr und Kampfgeschrei, das nah'
Und näher bringt; die Wälle sind genommen.
Gott! Seh' ich recht? Mein Gatte, meine Söhne
Flieh'n blutend und erschöpft zum Schloß herein!
Ruggieri ihnen nach, ein Graben hemmt
Ihn noch; er setzt hinüber; hieher sprengt
Er nun!

Ugolino (hinter der Scene).
Laßt uns das Thor verrammeln!

Gaddo (desgleichen).
                              Kommt,
Die Treppen zu vertheid'gen!

Ugo (desgleichen).
                              Rechts und links
Und ringsher stürmt der Feind heran.

Cornelia.
                              O Himmel!
Welch' fürchterlicher Glanz! Dazwischen Krachen
Von stürzendem Gebälke.

Gesinde (in den Saal eilend).
                              Feuer! Feuer!
In Flammen steht das Schloß!
(Ugolino und seine Söhne stürzen herein; man hört Waffenlärm.)

Ugolino.
                              Da lieg', mein Schwert!
Nirgends mehr Rettung!

Cornelia.
                              Horch! man kommt die Treppe
Herauf!

Ugolino.

Das ist sein Fußtritt; o ich kenn' ihn.

Gaddo.

Und unvertheidigt sollten wir uns ihm
Ergeben?

Ugolino (sich plötzlich aufraffend).

Zu den Waffen! zieht die Schwerter!

Dritte Scene.

Vorige. Ruggieri, Lanfranchi, Gualandi, Sismondi und
Bewaffnete bringen herein.

Ruggieri (nach außen rufend).

Löscht mir die Flammen! Zum Verbrennen nicht,
Zu anderm Tod sind diese hier bestimmt.

(Kurzer Kampf. Ugolino und seine Söhne werden entwaffnet.)

Ruggieri (zu Ugolino).

Schau! Unhold, Wüth'rich, hundertfacher Mörder!
Ohnmächtig nun, schmachvoll liegst Du im Staube!
Bekenne mir, schon durch den kleinsten von
Den Freveln, welche Du geübt, verdienst
Du ew'ge Pein; doch da sie jetzt Dich alle,
Ein furchtbar Heer, bei mir verklagen, wie
Vermagst Du sie zu büßen? Schleift' ich Dich
Durch Martern auch, wie Gott barmherzig sie
Selbst den Verdammten spart, als gnädig müßtest
Du mich noch preisen. Mir zu Füßen, Wurm!
Da ist Dein Platz, und wimmernd sollst Du mich
Anflehen, daß ich, Dich zertretend, Dir
Die Qualen kürze.

Ugolino.

Unterlegen bin ich,
Und rechtlos ist der Ueberwundene.

Du gibst mir Frevel schuld; nicht ziemt es mir,
Zu sagen, daß ich schuldlos sei, doch Du
Bist nicht mein Richter, und von Deinem Stuhl
Leg' ich Berufung an's gesammte Volk
Von Pisa ein; für seine Macht und Ehre
Hab' ich gestrebt, und wenn ich fehlte, war's
Durch das Zuviel; nur Pisa kann mich richten.

Ruggieri.

Willkommen die Berufung! Ei, Du Thor,
Und selbst verlangst Du deren Richterspruch,
Die noch von Deinen Geißelhieben bluten?
Es sei! berufen will ich ein Gericht,
Wie Du's verlangst! Das Volk, in dessen Thränen
Und Flüchen Du geschwelgt; die Stadt, in der
Die Höllenschwestern Hunger, Schwert und Feuer,
Von Dir entfesselt, ihr Verwüstungsfest
Gefeiert; die gefangenen Pisaner,
Die mit dem Rest des Lebens, das Du ihnen
Im Kerker hingewürgt, zur Heimath kehrten,
Sie sollen über Dich zum Urtheil sitzen;
Mir ist's genug, Vollstrecker ihres Spruchs
Zu sein.

Sismondi.

Einstweilen werft ihn in den Kerker!

Ruggieri.

Wer redet hier? —
(Zu Ugolino.)
Zu enge war Dir dieser
Palast, um ihn mit mir theilen — wohl!
Jetzt geb' ich einen Wohnort Dir, der Dir
Gefallen wird. Am Arno steht ein Thurm,
Ein alter, langverlass'ner Bau, von Eulen

Und bösen Geistern nur bewohnt; am Boden
Gähnt unter ihm ein abgrundtiefer Kerker
Und aus der Tiefe schallt bei Nacht ein Aechzen,
Das den, der es vernimmt, wahnsinnig macht.
Dort harre Du der Strafe, die man Dir
Verhängt, und kürze Dir die Zeit inzwischen
Durch Zwiesprach mit den Geistern der von Dir
Ermordeten!

    Ugolino
     Ich bin in Deiner Macht;
Thu', was Dir gut dünkt!

    Cornelia (zu Ruggieri).
      Fürchterlicher! sei
Barmherzig! Reiß' ihn nicht von mir hinweg!
Und wenn es sein muß, laß zum mindesten
Mich sein Gefängniß theilen!

    Ruggieri.
     Eben, Weib,
Weil Du d'rum fleh'st, versag' ich's Dir und ihm.
Kein Trost soll ihm Dein Anblick sein; und Dir,
Getrennt von ihm und Deinen Söhnen, sei
Die Freiheit schlimmer als ein Kerker!

    Ugolino
      Nicht
Für mich, Ruggieri, bitt' ich Dich um Milde;
Doch meiner Söhne schone! schuldlos sind sie.

    Die Söhne.
Nein, Vater! Vater! laß uns bei Dir bleiben!

    Ruggieri.
Sie, schuldlos? Ei, hab' ich sie eben nicht
Im Kampfe wider mich entwaffnet? Haben

Sie nicht beim üpp'gen Mahl mit Dir geschwelgt,
Indeß das Volk durch Dich verhungerte?
Eins wurmt mich, daß ich ihrer drei nur fing!
Thor! eh' Du Mitleid für sie forderst, denk'
An meinen Ato, den Du hingeschlachtet!
Zum Himmel schreit sein Blut um Rache! Aug'
Um Auge, heißt es, Sohn um Sohn.

(Zu den Trabanten.)

Legt ihnen
Dreifache Ketten an!

Cornelia.

Weh! scharfes Erz
Soll diese zarten Glieder nagen?

Ruggieri.

Du,
Lanfranchi, sorge, daß der alte Sünder
Sammt seiner Brut sofort in jenen Thurm
Geworfen werde! Bürgen soll Dein Haupt
Mir für Vollziehung des Befehls.

(Zu Cornelia.)

Du aber,
Geträumte Herzogin von Pisa, sollst
Umsonst Dich nach dem Kerkerdunkel sehnen,
Um vor dem Hohn des Pöbels Dich zu bergen.
Auf off'nem Markt, am hellen Mittag sei
Dem Spott und dem Gelächter preisgegeben!
Befehlen will ich, daß bei Todesstrafe
Dir Keiner Obdach biete; Dein Gefängniß
Sei diese Stadt, wo auf den lauten Straßen
Der Menschen Lärmen Deinen Schmerz verhöhne,
Und jeder Anblick, jeder Wiederhall
Dir von den Deinen sagen mag, was einst

Sie waren und jetzt sind — einst stolz und froh,
Unselig jetzt wie Keiner sonst auf Erden!
(Zu Gualandi und Sismondi.)
Ihr folgt mir!
(Ab mit den Seinigen.)

Lanfranchi (zu einigen Kriegern).
Legt die Eisenbande fest,
An ihre Arm' und Füße!

Ugolino (während er gefesselt wird).
Hätt' ich wirklich
Verwegen Dich herausgefordert, Zorn
Des Himmels, den der Seher mir verkündet?
Von fern schon hört' ich Deine Schwinge rauschen,
Doch wurde nicht gewarnt, bis Du mir jetzt
Auf's Haupt herabsinkst.

Cornelia.
O mein Gatte!
O meine Söhne!

Ugolino.
In des Schicksals Rad
Zu greifen und mir selbst mein Loos zu schaffen,
Dacht' ich; ist es nun dies, was ich mir schuf?

Lanfranchi.
Führt sie hinweg!

Cornelia.
Noch hab' ich Kraft, sie fest
Zu halten.

Lanfranchi.
Thut Eu'r Amt, Trabanten!

Cornelia.
Wollt Ihr
Grausame, aus der Brust das Herz mir reißen?

Ugolino.
Es ist für immer, Weib!
O Mutter, Mutter!
(Ugolino und die Söhne werden fortgeführt. Cornelia ihnen nach.)

Verwandlung.
Große Halle. Zur Seite ein Balkon.

Vierte Scene.

Volksversammlung. Unter den Versammelten befinden sich Marco Lombardo und ein Theil der vornehmen, aus der Gefangenschaft zurückgekehrten Pisaner, ferner Gualandi und Sismondi.
Ruggieri auf erhöhtem Stuhl.

Ruggieri.
Mit Freuden seh' ich Pisa's Volk von Neuem
Nach Väterbrauch hier im Berathungssaal
Versammelt. — Bürger, da mich Eu'r Vertrau'n
Zum Vorstand dieser Republik erwählt,
Sei es mein Erstes, Heil Euch zuzurufen;
Heil Euch, daß der Tyrann gestürzt ist! Heil,
Daß Eu're Söhne, Väter, Brüder Ihr,
Erlös't, aus Genua's Zwingern heimgekehrt,
Umarmen könnt! Und Ihr, glorreiche Märtyrer,
Seid mir gegrüßt! Sanft, wie der Mutter Athem
Beim Kuß des Wiedersehens, mag die Luft
Der Heimath Euch umwehen!

Ein Gefangener.
Euch Erzbischof,
Verdanken wir's allein, daß wir den Himmel,
Der über Pisa leuchtet, wiederseh'n,
Daß uns're wunden Glieder in dem Boden,
Der sie geboren, von so langer Pein
Ausruhen können! — Kommt heran, ihr Alle,

Kniet vor ihn hin und küßt die theu're Hand,
Die Eu're Ketten lös'te!
(Viele werfen sich vor Ruggieri nieder.)

Viele Stimmen.
     Wie vor Gott
Ziemt uns vor Dir im Staub zu liegen.

Alle.
          Hoch,
Ruggieri, der Erretter uns'rer Brüder
Und unser von dem Joche des Tyrannen!

Ruggieri.
Genug! Statt alles Dank's begehr' ich nichts
Als achtsames Gehör!

Alle.
 So sprich!

Ruggieri.
      Wer hat,
So lang Ihr denket, auf uns Ghibellinen
Unheil und Schmach, wie sie am schlimmsten sind,
Gehäuft? Wer brannte uns're Erndten nieder,
Zerstörte uns're Burgen und Paläste
Und trieb uns nackt in's Elend?

Viele Stimmen.
      Ugolin.

Ruggieri.
Wer brach, nachdem wir ihm den Feind gestürzt,
Schamlos den kaum geschloss'nen Bund und riß
Die Macht, die er mit uns zu theilen hatte,
An sich allein, um in ein großes Grab
Dies Pisa zu verwandeln?

Viele Stimmen.
Ugolin.

Ruggieri.
Und wer hat bei Meloria verrucht
Das Vaterland verrathen?

Einige Stimmen.
Ugolin

Marco Lombardo.
Nein, Erzbischof! Seit diese meine Brüder
Befreit der Heimath Frühlingssonne schauen,
Weht mir zum Herzen auch ein mild'rer Hauch
Und thaut das Eis, in dem es lang gestarrt.
Bald, fühl' ich, wird mich Gott von hinnen rufen,
Darum, eh' ich vor seinem Thron erscheine,
Drängt's mich, so offen, wie ich ehedem
Auf Ugolin die Klage schleuderte,
Hier zu bekennen, daß mich Haß allein
Getrieben hat, ihn des Verrath's zu zeihen.
Nicht ich, noch einer sonst, von dem ich weiß,
Sah, daß er bei Meloria auf der Seite
Der Genuesen stritt. Euch Alle frag' ich,
Die Zeugen jener Schlacht Ihr war't: habt Ihr's
Gesehen?

Viele Stimmen.
Nein.

Ruggieri.
Sagt Alle, daß Ihr's nicht
Geseh'n! er that es doch!

Einer der Gefangenen.
Vielmehr muß ich
Bezeugen, was ich deutlich schaute: Schon
Wich unf're Flotte, als Graf Ugolin,

Von Süden her aus nebligem Gewölk
Vorbrechend, drei der feindlichen Galeeren
Entmannte; schwer genug drückt ihn die Schuld
Der andern Sünden; dieser braucht Ihr ihn
Nicht noch zu zeih'n.

    Ruggieri (für sich).
      Kann ich zu dem Bekenntniß
Ihn selbst nicht zwingen?
    (Laut.)
      Mag's auf sich beruh'n!
Doch Schlimm'res ward, wenn es noch Schlimm'res gibt,
Von ihm verübt. Wer schmiedete, so oft
Der Feind sie lösen wollte, fester Euch
Die Ketten noch, damit die ganze Rache
Mit Euch begraben bliebe? Und wer hielt
Mit unerhörtem Druck das Volk in Knechtschaft,
Bis es im Aufruhr Hülfe suchte? Wer
Hat dann die wilden Doggen, Brand und Mord,
Durch diese Stadt entkoppelt rasen lassen
Und unter'm Schutt der eig'nen Häuser die
Verzweifelnden begraben?

    Viele Stimmen.
    Ugolin.

    Ruggieri.
Wer war's, der ruchlos die Getreidespeicher
Den Flammen preisgab? Wer verhöhnte d'rauf,
Als Hunger Euch am Mark des Lebens nagte,
Mit seinem Weibe und den frechen Söhnen
An reichbesetzter Tafel Euren Jammer
Und mordete den Jüngling, der ihn bat,
Die Noth zu lindern?

Viele Stimmen.
Ugolino, Ugolin.

Ruggieri.
Und hat er nicht für jeden dieser Frevel
Verdient, an Leib und Leben mit den Seinen
Gestraft zu werden?

Viele Stimmen.
Ja, an Leib und Leben.

Ruggieri.
Gerichtet also ist er und an Euch,
Pisaner, stell' ich mein Begehren jetzt!
Legt die Vollstreckung und das Wie der Strafe
In meine Hand! Ich frag' Euch: übergebt
Ihr Ugolino Grafen Gherardesca
Sammt seinen Söhnen mir, daß ich mit ihnen
Verfahre, wie mir gutdünkt?

Viele Stimmen.
Ja, Dir sind
Sie übergeben.

Marco Lombardo.
Hör', Ruggieri, hört
Ihr Alle, die Ihr den Verdammungsspruch
Mit ingrimmbebenden Lippen stammelt: Ich,
Der Greis Lombardo, der mein Leben ich
Dem einen Ziele, Ugolin zu stürzen,
Geweiht, ich sag' Euch jetzt: Laßt Euch's genügen,
Daß er gestürzt ist, und mit seinem Sturz
Den Haß in Eu'rer Brust erloschen sein,
Wie er's in meiner ist. Durch Haft, durch Bann
Sucht Euch vor ihm zu sichern, doch der Rache
Gönnt keinen Platz in Eu'rem Rath, auf daß
Nicht Frevel Frevel zeuge, bis die Schuld,

Die hochgehäufte, über Eu're Häupter
Und diese Stadt des Himmels Blitz herabzieht!

Sismondi.

Wenn der Tyrann so viele Leben hätte,
Wie Haare auf dem Haupt, sie alle wären
Doch schwache Sühne nur für die Verbrechen,
Die er begangen, und Ihr sprecht von Bann?

Lombardo.

So wahr ich bald vor dessen Antlitz trete,
Deß Gnade, mild wie Blüthenhauch im Mai,
Die Luft ist, d'rin wir einzig sind und athmen,
So wahr sag' ich mich los von jeder Unthat
An Ugolin, die drohend, wie ein Wetter
Auf Eu'ren Stirnen brütet.

Sismondi.

Der Beschluß
Steht fest.

Ruggieri.

Noch einmal, Bürger Pisa's, frag'
Ich Euch: setzt Ihr in mich das Zutrauen, daß
Ich mit gerechtem Maaße messen werde?

Viele Stimmen.

Wir thun's!

Ruggieri.

Wohlan! So sind vor Gott und Welt
Graf Ugolino und die Seinen denn
In meine Hand gegeben, und ich schwöre:
Wer irgend dies mein heilig Recht verkürzt,
Als Hochverräther richten lass' ich den!
Hört es, Ihr Alle! (Sich erhebend.)
Die Versammlung ist
Entlassen. Dank für Eu'r Vertrau'n, Ihr Herren!
(Alle ab, außer Ruggieri.)

Fünfte Scene.
Ruggieri. Später Sismondi.

Ruggieri
(zu einem Diener).

Bring' mir den Schlüssel zu dem Thurm, dem Kerker
Des Ugolin.
(Diener ab.)
Das ist's!
Von allen Strafen auf der Erde löscht
Nur diese meinen Durst, denn bis ins Jenseits
Reicht sie hinüber. In Verzweiflung soll,
In Gottesläst'rung ohne Beicht' und Buße
Er mit den Söhnen sterben, daß
Er aus der Hölle seiner letzten Tage
Zum Abgrund ew'ger Qual hinunterstürze.
Der Ort ist das, zu dem ich selber gehe,
Und keine Hoffnung hab' ich, keinen Wunsch,
Als ewig mich an seinem Weh zu laben,
Wenn dort in sternenloser Nacht er an
Den Qualen der mit ihm verdammten Söhne
Die seinen nährt und, immer sterbend, doch
Zu immer neuem Jammer lebt.
(Ein Diener bringt ihm einen großen Schlüssel. — Sismondi erscheint
an dem Eingang.)
Der Schlüssel.
Gut! geh!
(Diener ab.)
Wer schleicht dort?

Sismondi.

Fragen will ich Euch,
Ob ich in dem, Ruggieri, was Ihr vorhabt,
Euch dienen kann?

Ruggieri.
Du kommst mir recht. Lau sind
Die andern all'. Was meine Seele brütet,
Verstehst Du ganz.
Sismondi.
Nochmals, wenn Ihr's begehrt,
Schwör' ich, daß ich für mich nicht handle; nur
Eu'r Werkzeug an dem Grafen will ich sein.
Ruggieri.
Komm, mein Sismondi! laß uns Freundschaft schließen!
Du einzig fühlst mit mir und einzig Dir
Will ich vertrau'n.
Sismondi.
Was sinnt Ihr? Eu'r Gesicht
Ist blaß, wie diese Wand.
Ruggieri.
Der Wiederschein
Von Ato's Antlitz, als entseelt er lag,
Hat es entfärbt. Erfahrt! er war mein Sohn,
Mein lieber Sohn; und eher wird kein Schein
Von Roth auf meine Wangen wiederkehren,
Bis seines Mörders Söhne leblos so
Vor ihrem Vater liegen, wie vor mir
Er dalag.
Sismondi.
Wißt, ein Gift hab' ich, das langsam
Und qualvoll tödtet; ein Geheimniß ist's,
Das mir aus Padua kam; wem Ezzelin
Die schlimmste Todesart bereiten wollte,
Dem gab er es. Da nehmt's!
Ruggieri.
Laßt das! Ich weiß
Ein beff'res Gift. Erräthst Du nicht?

Sismondi.

Dein Blick
Ist furchtbar.

Ruggieri.

Wessen Werk, als Ugolins,
War jene Hungersnoth, die Tausende
Dahingerafft?

Sismondi.

Du wolltest . . .?

Ruggieri.

Ja, ich will.
Der Tod nur taugt für ihn; was Tausenden
Er zugefügt, mag er nun selbst erproben;
Er ist der Stärk're und sein Auge wird
Erst über seiner Söhne Leichen brechen.

Sismondi.

Als meinen Meister muß ich Dich verehren.

Ruggieri.

Noch Eins! Das Fleisch ist schwach — und um für immer
Der Milde alle Wege zu versperren,
Trag' Sorge, daß die Thür des Thurmes fest
Vermauert werde; vor bleichsücht'gem Mitleid
Des Volkes, wie vor meinem eigenen,
Behüt' ich die Gefang'nen doppelt so.

Ein Diener (auftretend).

Verzeihung, Herr! Die Gräfin Gherardesca
Hat, halb gewaltsam, halb mit Fleh'n und Jammern,
Durch alle Wachen bis hierher zu bringen
Gewußt — —

(Cornelia tritt auf.)

Sechste Scene.
Ruggieri. Sismondi. Cornelia.

Ruggieri.
Was willst Du, Weib? Zur Krönungsfeier
Vielleicht mich laden, daß ich Deinem Gatten
Das Haupt mit heil'gem Oele salben soll?

Cornelia.
Du, der ein Mensch Du bist wie wir, der Blut
Du in den Adern hast, das stocken kann,
Und Glieder, so gebrechlich wie die unsern,
Durch die zu jeder Zeit, auf tausend Wegen,
Der Tod eindringen kann, besinne Dich,
Eh' höhnend Du mein Fleh'n verwirfst! Vielleicht
Schon morgen mußt Du vor den Richterstuhl
Des höchsten Gottes treten — wenn Du Gnade
Von ihm dann hoffst, so hab' sie jetzt mit mir,
Mit meinem Gatten, meinen Söhnen!

Ruggieri.
Ei,
Du Bettelherzogin, ist nun Dein Hochmuth
Geschmolzen? Hast Du bitten nun gelernt?

Cornelia.
Ja allen Stolz, die eitle Tracht der Welt,
Werf' ich hinweg; das Elend meiner Lieben
Lehrt meine Zunge fleh'n, demüthig fleh'n.
O meine Kinder, meine holden Kinder,
Stets seh' ich sie in ihrem dunkeln Zwinger,
Ihr zarter Leib von Ketten wund gerieben,
Stets denk' ich mir: wie trostlos sind sie nun,
Das Licht nicht schau'nd, das aller Augen Balsam ist,
Und nicht die süße Luft des Himmels athmend.

Ihr Bild, zur Todtenlarve hingeblaßt,
Verfolgt mich unter das Gedräng der Menschen
Und füllt mir Tag und Nacht mit Moderdünsten.
Mein Gaddo, mein Anselmo, die Ihr Alles,
Wohin Eu'r Blick nur fiel, mir lichter machtet,
Als Sonnenglanz, wenn ich nun einen Kuß
Auf Eure Rosenlippen drücken wollte,
Ach! welk dann fänd' ich sie und bleich! Und Du,
Mein Ugo, süßer Knabe — ja da seid Ihr,
Ich seh' Euch vor mir, Kinder! Bittet Ihr
Statt meiner Diesen um Erbarmen! Euch
Kann Keiner etwas weigern.

Ruggieri.

Von den Söhnen nur
Sprichst Du; mich freut's, daß Du den Sünder, der
Einst Dein Gemahl gewesen, von Dir stößest;
Reiß' ihn für immerdar aus Deinem Herzen,
Wälz' zu den Flüchen aller Welt, die schon
Sein Haupt belasten, auch noch Deinen — Weib,
Thu' das und milder stimmst Du mich vielleicht!

Cornelia.

Hinweg, Versucher! spare Deine Künste!
Du lockst mich nicht! Ob auch mein Ugolin
Den Frevel, daß er groß gedacht, schmachvoll
Gleich niedrigen Verbrechern büßt, ich sag' Dir:
Noch so gestürzt, von Kettenwucht zermalmt,
Gilt er mir mehr als Könige und Kaiser,
Und einen Platz bei ihm am Tisch der Armuth
Vertauscht' ich nicht für einen gold'nen Thron.
An seinem Lager einzig laß mich knie'n
Und seine Wunden pflegen — dann zieh' ich,
Von Thür zu Thür das Brod für uns erbettelnd,

Mit ihm und mit den Kindern weit hinweg,
Ja, wenn Du willst, bis in so ferne Länder,
So endlos ferne, daß die alte Erde
Sie selbst kaum kennt — Du herrsche hier beglückt!
An jedem Tag will ich vor Gott in Staub
Mich werfen und Dir seinen vollsten Segen
Auf's Haupt herniederflehen — o nur gib
Mir meinen Ugolin, gib meine Söhne
Mir frei!

Ruggieri.

Wohlan! ein Mittel ist — hier sind
Die Kerkerschlüssel, Weib! geh' hin und bring'
Von Ugolin die Antwort mir zurück,
Daß bei Meloria er das Vaterland
Verrathen — mir zu Füßen niederknieend
Laß vor versammeltem Volk ihn das bekennen
Und frei soll er mit seinen Söhnen sein!

(Pause.)

Nun, Weib! Du stehst, als wärst Du Stein geworden;
Da, nimm die Schlüssel!

Cornelia.

Ungeheurer! was
Begehrst Du?

Ruggieri.

Nimm doch! bringe das Bekenntniß,
Von dem ich sagte, mir noch heut von ihm
Und heut noch laß' ich seine Ketten lösen.
Trabanten, he! geleitet sie!

Cornelia.

Herr Gott,
Gib Du mir Kraft!

Ruggieri

Du zögerst noch?

Cornelia.

Und glaubst Du,
Ich hätt' ein Antlitz, um vor meinen Gatten
Mit dieser Ford'rung hinzutreten? Glaubst Du,
Daß unter allen Lauten, die noch stumm
Auf meiner Zunge ruhen, einer nur
Sie auszudrücken wagte? Ja, nimm an selbst,
Daß es geschähe, wie vermöcht' ich denn,
Was tausend Foltern nicht gelingen würde,
Ihm eine Antwort zu entreißen, die
Für immer in der Menschen Angedenken
Ihn schänden müßte?

Ruggieri.

Willst Du je ihn wiederseh'n,
So ist kein and'res Mittel.

Cornelia.

Gott der Herr
Und seine Engel all, die uns're Seelen
Wie aufgeschlagne Bücher lesen, wissen,
Daß an Verrath des Vaterlandes er
Unschuld'ger ist, als neugeborne Kinder!
Und nun sollt' ich, sein Weib, von ihm begehren,
Daß wider seines eig'nen Geistes Zeugniß,
Den höchsten Richter, der verdammt und freispricht,
Er einer That für schuldig sich bekenne,
Die jeden Frevel sonst zur Tugend macht?

Ruggieri.

Wozu das Reden? thu wie ich verlangt!
Wo nicht, so soll dieselbe Stunde, die
Dich zu ihm führen könnte, ihn für ewig
Mit sammt den Söhnen vor der Menschen Blick,

Vor Licht und Luft begraben. Deß zum Zeichen
Werd' ich den Schlüssel in den Arno werfen.

Cornelia.

Noch einmal mahn' ich Dich in dessen Namen,
Der über Allen waltet: hab' Erbarmen!
In diesem Augenblicke scheidet sich
Für Dich der Weg zu Himmel oder Hölle;
Jetzt, eben jetzt steht an dem Throne Gottes
Ein Cherub, der erwartend nach Dir schaut;
Wenn Du Dein Herz, wie sehr im rauhen Leben
Es auch erstarrt, dem Frühlingsthau des Mitleids
Aufthust, wird er zu Dir herniedersteigen,
Um auf den Weg der Gnade Dich zu leiten;
Doch wenn Du Dich verhärtest — merke wohl —
Wenn Du vollführst, was Deine Blicke droh'n,
So wird sein Griffel mit der Einen Unthat
Die Blätter Deines Schuldbuchs alle füllen,
Und Dich der ewigen Verdamniß weih'n.

Ruggieri.

Und, Weib, wer sagt Dir, ob ich And'res will —
Noch, sieh, halt' ich den Schlüssel in der Hand;
Entschließe Dich! bring das Bekenntniß mir!

Cornelia.

Entsetzlicher! Du selber weißt ja, falsch,
Falsch wie die Hölle ist es; und ich soll
Dein Werkzeug werden, um durch eine Lüge
Auf uns're Stirn das nie verlöschende
Brandmal der Schmach zu drücken, daß verachtend
Die Menschen im Vorübergeh'n auf uns
Mit Fingern zeigen, und nur nackte Schande
Das Erbtheil uns'rer Söhne sei?

Ruggieri.

Also
Du weigerst Dich?

Cornelia.

Des Ugolino Weib
Nicht wär' ich, wenn ich seine Freiheit je
Mit seiner Schmach erkaufen könnte.

Ruggieri
(an den Balkon tretend).

Wohl!
Den Schlüssel werf' ich in den Fluß.

Cornelia.

Gott, steh'
Mir bei in dieser fürchterlichen Stunde!

Ruggieri.
Bedenk' Dich, Weib! noch ist es Zeit.

Cornelia.

Genug!
In ihrer Ehre fleckenlosem Glanz
Will ich die Meinen wiederseh'n, sonst nie.

Ruggieri
(den Schlüssel erhebend).
Zum letzten Mal!

Cornelia
(die Hände zum Himmel erhebend).

Du droben sei mein Zeuge,
Ich kann nicht anders!

Ruggieri.

Nicht? So habe denn
Das Schicksal seinen Lauf!
(Er läßt den Schlüssel fallen.)

Cornelia (aufschreiend).

Halt ein!

Ruggieri.

Zu spät!
Den Tod des Gatten haft Du selbst besiegelt.

Cornelia (zu Boden sinkend).

Furchtbarer! ich?

Ruggieri (zu Sismondi).

Geh! Laß den Thurm vermauern!

(Der Vorhang fällt. Trauermusik bis zum folgenden Akt.)

Fünfter Akt.

Düsterer Kerker. Ugolino, Gabbo, Ugo, Anselmo in Ketten am Boden liegend.

Erste Scene.

Ugolino
(aus dem Schlaf auffahrend).

Laßt ab, Ihr Wüthenden! schont meine Kinder,
Nur ich bin schuldig! — — Was war das? Ein Lichtstrahl
Fällt durch die Mauerspalte — ja dies ist
Der grause Kerker; nur geträumt hab' ich.
Furchtbarer Traum, der von der Zukunft mir
Den Schleier riß! Mit diesen hier war ich
In das Gebirg gefloh'n, und wie ich einst
Den Wolf mit seinen Jungen dort gehetzt,
So hetzte der, der Herr und Meister nun
Von Pisa ist, mit seinen gier'gen Hunden
Jetzt uns. Schon keuchten kraftlos wir, ich sah,
Wie, Einer nach dem Andern, meine Söhne
Hinsanken und die grimme Meute, nah
Und näher heulend, sie mit ihren Hauern
Zerfleischte; Alle mußt' ich sterben seh'n;
Ich war der letzte.

Ugo (im Schlafe).

Brod! ach, Vater, gib
Uns Brod!

Ugolino.

Im Schlafe flehen sie um das,
Was man seit Tagen schon uns nicht gereicht.
O so bat einst mich diese Stadt um Brod,
Doch ungerührt blieb ich von ihrem Fleh'n!
Wenn nun denselben Tod, den ich so Vielen
Verhängt, uns Pisa sterben ließe — nein,
Es kann nicht sein — nur ich hab' ihn verdient,
Nicht diese.

Anselmo (im Schlafe).

Höher, Bruder, klettre höher!
Sieh dort am höchsten Zweig die prächt'gen Feigen!
Und in der Schlinge die gefang'ne Drossel!
(Erwachend.) Vater!

Ugolino.
Anselmo, wachst Du?

Anselmo.
Wie? sind wir
Nicht auf dem Land im lieben Settimo?
Mir war, ich ständ' inmitten grüner Bäume
Und reife Früchte hingen von den Aesten.

Ugolino.
O schließ die Augen wieder! träume fort!

Ugo (im Schlafe).
Hilf, Mutter, hilf uns!

Ugolino.
Nach der Mutter ruft er!
Und sie auch, deren thränenwundes Auge
Kein Schlaf bethaut, ringt nun um uns die Hände.
Oft ist mir, als vernähm' ich durch den Riß
Des Kerkers ihren bangen Klageruf.

Ugo (erwachend).

Herr Gott! wie fürchterlich die Kette klirrt!
Hier also sind wir?

Ugolino.

Daß mich ew'ge Nacht
Begrübe! Dringt denn dazu nur das Zwielicht,
Das matt von Pfeiler hin zu Pfeiler kriecht,
In dies Verließ, um dreifach wiederholt
Auf jedem Antlitz mir mein Weh zu zeigen.

Anselmo.

Ach diese Mattigkeit in meinen Gliedern!

Gaddo (aufspringend).

Die Kerkerthüre wollen sie vermauern,
Sie wollens, glaub mir, Vater, heute noch!

Ugolino.

Sei ruhig, Gaddo, Dir hat blos geträumt!

Gaddo.

Nein, nein, es war kein Traum. Indeß ihr schlieft,
Vernahm ich deutlich durch die tiefe Stille,
Wie außen Einer sprach: die Thurmthür soll
Vermauert werden. Bei dem Tone schlich
Entsetzen mir durch alle Glieder hin,
Und wie erstarrt hab' ich bisher gelegen.

Anselmo.

Ach! Vater, Vater, was soll aus uns werden?
Schon seit drei Tagen hat man uns kein Brod
Gebracht.

Ugolino (für sich).

Wenn's wirklich kommt, so wie mir ahnt,
Wenn diese hier, zur ersten Lebensblüthe
Noch kaum erschlossen, elend mit mir sterben,
Um meinetwillen sterben müssen — Gott,

Du ew'ges Auge! wende Deinen Blick
Von mir hinweg! vertrockne mein Gehirn
Und jede Fiber, welche fühlt und denkt!
Zernichte mich! verwandle dies mein Wesen
In Staub, daß ich es selber nicht mehr kenne!
O arme Opfer, die ich mit mir reiße!
Jahrtausende der Verdammniß sind zu kurz
Für solche Schuld! Ja, an dem Schluß der Zeiten,
Wenn allen Sündern sich das Gnadenthor
Erschließt, wenn Alle, Alle sie befreit
Nach oben steigen, werd' ich noch allein,
Der letzte, einzige im Abgrund büßen.
(Pause.)
Nein, nicht allein. Er, er, bei dessen Namen
Die Teufel jauchzen, bleibt mit mir verdammt.

Anselmo.

Warum starrst Du so seltsam vor Dich hin,
Was hast Du, Vater? sprich!

Ugolino.

   O Schmach der Völker,
Grausames Pisa, wenn, um Dich zu strafen,
Zu langsam Deine Nachbarn sind, so schwimme
Capraja und Gorgona her und stopfe
Die Mündung Deines Arno, daß die Fluth
Dich ganz ersäuf' und keiner Seele schone!
Denn wenn auch ich, und noch so schwer gefrevelt,
O neues Theben, sage mir, was schlachtest
Du meine zarten Kinder Deiner Wuth!

Ugo.

Sei ruhig, Vater! Alles wird vielleicht
Noch gut!

Anselmo.
Ach! wie es draußen nun wohl aussieht?
Ob wohl die Sonne scheint? Wir haben sie
So lange nicht geseh'n!

Gabbo (lauschend).
Still! Hört Ihr nicht?

Anselmo.
Was denn?
(Man hört Hammerschläge. Ugolino macht eine Geberde des Entsetzens.)

Gabbo.
Vermauert wird die Thurmthür.

Die drei Söhne.
Hülfe! Rettung!
(Die Söhne sinken um Ugolino auf die Kniee.)

Gabbo.
Furchtbarer, schreckenvoller Tod!

Ugo.
Ach, Mutter,
Nie, niemals werden wir Dich wiederseh'n.

Anselmo.
Du blickst so stumm, so schrecklich stumm in's Leere.
Sprich, lieber Vater, nur ein einzig Wort!

Ugolino.
O Erde, warum thust Du Dich nicht auf?
(Während Ugolino auf die Söhne hinstarrt, welche um ihn knieen, schließt sich die Scene, indem der Vorhang, welcher den Hintergrund der folgenden Scene bildet, fällt.)

Verwandlung.
Platz. Nach hinten ein alter Thurm. Es ist Nacht.

Zweite Scene.
Sismondi, Gualandi, Lanfranchi treten auf. Nachher Arbeiter.

Sismondi.
Vor Tag noch müssen wir das Kriegsvolk ordnen.

Gualandi.
Glaubst Du den Angriff schon so nah?

Sismondi.
                                      Er wird
Nicht lange zögern. Ugolino's Sohn
Rückt schnell mit seinem Heer auf Pisa zu
Und kann schon morgen vor den Mauern steh'n.

Lanfranchi.
Gleich Einem, der am jähen Abgrund wandelt,
Glaub' ich bei jedem Schritt hinabzustürzen.
Kein Wille mehr ist da, der diese Stadt
Lenkt, führt, zusammenhält, seitdem Ruggieri,
Verstört, nur mit den Schattenbildern, die
Aus seinem eig'nen Geist aufsteigen, lebt.

Sismondi.
Der Narr Marco Lombardo, den das Volk
Als Seher anstaunt, weil die Fieberhitze
In seinem Hirne Prophezeiungen
Ausbrütet, wie die Junisonne Würmer,
Hat ihm durch sein Geschwätz den Sinn verwirrt.
Die Kunde von des Feindes Anmarsch that
Den Rest.

Gualandi.
        So schnell, wie er vom Krankenbett
Zur Thatkraft sich emporgerafft hat, brach
Er jetzt zusammen.

Sismondi.

Laßt darum, Kleinmüth'ge,
Uns Alles doppelt eifrig für die Abwehr
Anordnen. — Doch, wohin geriethen wir?
(Mehrere Arbeiter erscheinen im Hintergrunde.)
He! Freund, die Nacht ist finster; sagt, wo sind
Wir hier denn?

Erster Arbeiter.

Auf dem Platze der Anziani.
Macht schnell, daß Ihr vorüberkommt! Zwäng' uns
Der schwere Frohndienst nicht vor Tage schon
Zur Arbeit am Canal hier, nimmer kämen
Wir her. Es ist ein schaur'ger Ort.

Lanfranchi.

Was meint Ihr?

Erster Arbeiter.
Seht da den Thurm, in dem Graf Ugolin
Mit seinen Söhnen schmachtet. Fort und fort
Erschallen Seufzer, herzzerreißende
Wehklagen aus den Mauerspalten; wer
Sie hört, dem sträubt der Schrecken jedes Haar.
Ach! und die arme Gräfin, die bei Tag
Und Nacht nicht von dem Thurme weicht, betäubt
Das Ohr mit Jammerrufen.

Sismondi.

Wie? Ihr habt
Mitleid mit denen, die für Euer Weh
Taub waren?

Lanfranchi.

Laßt sie! Kommt, das Heer zu ordnen!
(Lanfranchi, Sismondi und Gualandi ab.)
(Cornelia tritt auf.)

v. Schack, die Pisaner.

Dritte Scene.
Cornelia. Arbeiter.

Cornelia (für sich).
Ich höre reden; hat vielleicht Erbarmen
Der Bürger Herz erweicht und kommen sie
Den Kerker mit Gewalt zu sprengen? Ja,
Was könnte sonst zu diesem Platz sie führen,
Der nur vom Gram bewohnt wird und von mir? —
(Laut.) Ich bitt' Euch, edle Bürger Pisa's, hört mich!
In diesem Thurm, nein unter ihm, tief drunten,
Ist der begraben, der einst Eu're Fahnen
Von Schlacht zu Schlacht geführt! denkt wie Ihr oft
Ihm zugejauchzt, auf Schultern ihn getragen,
Wenn im Triumph er heimkam und die Schlüssel
Der Festungen, die er erobert, Euch
Zu Füßen legte!

Dritter Arbeiter.
Sprecht doch nicht so laut;
Das bringt Gefahr!

Cornelia.
Hört, hört mich! Wenn Ihr Euch
Nicht selber schänden wollt, so laßt die Zukunft
Nicht sagen: Ugolin, Graf Gherardesca,
Ward in der Noth, als Keiner helfen konnte,
Von Pisa's Volk gerufen, und er kam
Und half, vergoß sein Blut für diese Stadt,
Und d'rauf zum Lohn ließ eben diese Stadt,
Die er gerettet, ihn und seine Söhne
So grausen Todes sterben, wie ihn Keiner
Jemals erlitt.

Zweiter Arbeiter.
Fürwahr, Ruggieri treibt's
Zu weit.

Dritter Arbeiter.

Was läßt sich thun? Er hat die Macht
Und jeder fügt sich zitternd seinem Willen.

Cornelia.

Ach meine zarten Knaben, welche Keinem,
Selbst nicht im kind'schen Spiele, Böses thaten,
Nur wenig kurze Jahre, nur so viel,
Um ihnen doppelt schrecklich den Verlust
Zu machen, haben sie an Sonnenschein
Und Freiheit sich erfreut! Und sollen sie
In ihrer Jugend süßer Anmuth denn
Im dumpfen, engen Kerker nun verwelken?

Zweiter Arbeiter.

Bei Gott, wenn ich nur könnte, hülf' ich gern.

Cornelia.

Noch ist es Zeit vielleicht, sie zu befrei'n,
Jedoch nur kurz noch. Ach, nie lebt der Hänfling
Im Käfig lang und meine wilden Vöglein,
An Himmelblau und Blättergrün gewöhnt,
Werden in Haft der düstern Eisengitter
Die Köpfchen sterbend senken. Bürger, schnell,
Holt Aexte! diese Mauern sprengen wir,
Ja wälzen das entsetzliche Gebäu
Von Grund aus um, und meine Söhne sinken,
Mein Gatte mir an's Herz! Kommt! kommt! an's Werk!

Mehrere Arbeiter.

Recht hat sie, etwas muß gescheh'n.

Dritter Arbeiter.

Bedenkt!
Den zwanzig Bürgern, welche gestern, von
Marco Lombardo aufgehetzt, versuchten,
Den Grafen zu befrei'n, hat es den Kopf
Gekostet.

Vierter Arbeiter.

Nachbarn! seid Ihr selber toll,
Euch mit der Tollen einzulassen? Kommt!
(Die Arbeiter, die zuletzt gesprochen, ziehen die Andern mit sich fort.)

Cornelia.

Sie geh'n! Sie hören meine Bitten nicht!
So hört mich, taube Steine! Klagen sollt Ihr
Vernehmen, die den härtesten von Euch
Erweichen müssen! Lös't Euch auf, schmelzt hin,
Damit zusammenstürzend mir der Thurm
Die Theuern wiedergibt.

(Uppezinghi tritt vermummt auf.)

Vierte Scene.
Cornelia. Uppezinghi.

Uppezinghi.

Pst, Herrin, hört!

Cornelia.

Du, Uppezinghi?

Uppezinghi.

Und mit guter Kunde.
Auf Eure Botschaft hat Eu'r Bruder schnell
Ein Heer um sich geschaart und rückt im Flug
Heran. Doch schneller noch war Euer Guelfo,
Den ich bei seinem Oheim traf. Als er
Von dem Gescheh'nen hörte, rief er wild:
„O Vater, Vater, mag mich Gott verwerfen,
Wenn ich des Unrechts, das Du mir gethan,
Auch nur im Traume noch gedenke!" Schnell
Mit einer Kriegerschaar zog er gen Pisa
Und lagert vor den Thoren schon. Nur Muth,
Gebieterin! Zwei Tage noch, damit
Zum Sturme die Belagerer sich rüsten,
Und Alles endet glücklich.

Cornelia.

Tage, sagst Du?
Zwei Tage; und in jedem Pulsschlag klopft
Verzweiflung? Siehe, hier der Schreckensthurm,
Nein, nicht der Thurm, der Abgrund unter ihm
Birgt meinen Ugolin und seine Söhne,
Und wenn nicht gleich, nicht heut noch Hülfe kommt,
Sind sie verloren. Geh, Du Treuer, flieg
Und melde meinem Sohn, er solle, ob
Ihm tausend Tode auch entgegenstarren,
In dieser Stunde noch den Angriff wagen.
Du bist nicht fort schon?

Uppezinghi.

Voll Gefahr
Ist dieser Weg für mich, allein versuchen
Will ich's, den Auftrag auszuführen; nur
Hofft nichts Unmögliches. Eh' Euer Bruder
Mit seinem ganzen Heer ihm beisteh'n kann,
Ist Guelfo's Häuflein für den Sturm zu schwach.
Geduld nur Herrin! (Ab.)

Fünfte Scene.
Cornelia (allein). Nachher Ruggieri.

Cornelia.

Von Geduld sprichst Du,
Und meiner Seele, die vor Eile zittert,
Bedünkt zu langsam selbst der Blitz. — Ich bin
Allein. (An den Thurm tretend.)
So kehr' ich denn zu Dir zurück,
Du meine einz'ge Freundin, enge Spalte
Im Thurmgemäu'r, an der ich manche Stunde
Gelauscht, ob aus der Tiefe nicht mein Ohr
Von meinen Lieben einen Laut vernähme!
Ich horch' und horche, bis mir fast die Hörkraft

Erlischt, und manchmal durch's Geklirr der Ketten
Glaub' ich die holden Stimmen meiner Kinder
Zu hören! (Sie kniet lauschend am Thurm nieder.)
(Ruggieri tritt verstört auf.)

Ruggieri.
So höllendunkel diese Finsterniß,
Als würd' es nie mehr Tag! Dumpf lag, bleischwer
Auf meinem Lager über mir die Nacht;
Es litt mich länger nicht. — Wohin entflieh'n?
Die schrecklichen Gestalten folgen mir;
Zu meinen Füßen angstvoll zuckt die Erde,
Und droben ist kein Himmel mehr, ob' Alles,
Nur aus der Leere blicken die vier bleichen
Gesichter Ugolin's und seiner Söhne
Starr, mit verglas'ten Augen, leichenhaft
Mich an. — Hinab! was wollt Ihr mir, Ihr Larven?
Dort unten ist Eu'r Platz!

Cornelia
(die bisher lauschend am Thurm gelegen, fährt empor).
O Gott! so stumm,
So todesstumm ist Alles drunten, wie
Noch nie zuvor — auch nicht die Ketten mehr
Hör' ich jetzt klirren. Schlafen sie
So regungslos? Und wenn es nun nicht das,
Wenn es schon Mattigkeit des Todes wäre
Und mit der schwindenden Minute auch
Die Möglichkeit der Rettung schwände —
Hilf, Himmel! laß mich nicht zusammenbrechen!
Mein Gatte, meine Söhne rufen mich
In ihrer letzten Noth!
(Sie erblickt Ruggieri und schreitet auf ihn zu.)

Ruggieri.
Wer bist Du,

Entsetzliche Gestalt, die mir das Blut
Gerinnen läßt? Heb' Dich hinweg, Gespenst!
Cornelia.
Erkenne mich, Tyrann, und zittere
Vor Deinem eig'nen Werke! Das hast Du
Aus mir gemacht, ein Bild des tiefsten Jammers,
Der Frau'n und Mütter unglückieligste,
Doch in dem Elend, Peiniger, das Du
Auf mich gehäuft, ich fühl's, hab' über Dich
Ich Macht gewonnen, wie der Sterbende
Sie hat, mit seinem Fluch des Mörders Haupt
Dem Grab zu weihen. Sieh mich an! Du bebst
Vor meinem Auge, so wie der Verbrecher
Vor dem, der ihn verdammen kann.
Ruggieri.
Furchtbares Weib, laß ab von mir!
Cornelia.
         So gib
Befehl, daß man die Kerkerthüren öffne!
Ruggieri.
Im Arno suche Dir den Schlüssel, Weib!
Cornelia.
Wenn meine Söhne, wenn mein Ugolin
Dort unten in dem Thurm der Qualen enden,
Will ich mit ihnen, ein gespenst'ger Chor,
In blasses Weh wie in ein Leichentuch
Gehüllt, Dich durch die Ewigkeit verfolgen;
An Deine Seele wollen wir uns klammern;
Umsonst im Pfuhl, wo Dich die Teufel peitschen,
Umsonst in Schwefelflammenschlünden wirst
Du Rettung vor uns suchen; ob Du auch,
Vom Sturm umhergewirbelt, bis zur Gränzmark

Der Schöpfung flöheſt, hinter, neben Dir,
Um Dich und vor Dir ſollſt Du uns erblicken.
(Es wird allmählich Tag.)

Ruggieri.

O wende dieſe Blicke von mir ab,
Entſetzliche! Ich kann ſie nicht ertragen.
In meine Seele bohren ſie ſich ein,
Wie bei der Folter glüh'nde Nägel — Geh!
Werkleute hol', den Kerker aufzubrechen,
Nur laß von mir!   (Cornelia haſtig ab.)

Sechſte Scene.

Ruggieri (allein). Später Cornelia, Marco Lombardo und Volk. Zuletzt Diener.

Ruggieri.

       Das war es, ja, was lang
Mir in der Seele wühlte! Seit der Nacht,
Als ich den Thurm vermauern ließ, klang fort
Und fort des unglückſel'gen Weibes Fleh'n,
Um Mitleid werbend, an mein Ohr. Dazu
Auch ward das Traumbild mir geſandt. Erſt jetzt
Auftaucht mir wieder Alles. Eine Wolke,
Noch ſchwärzer als die Nacht, ſtieg über mir empor,
Und bei dem irren Scheine, den ſie fiebernd
Ergoß, gewahrt' ich meines Ato Grabmal;
Auf einmal fiel ein Blitzſtrahl zuckend nieder,
Und meines Sohnes Standbild ſank zerſchmettert
Zu Boden; d'rüber aber himmliſch hell
War es geworden und im Lichtglanz ſtand
Ernſten Geſichts, die Rechte droh'nd erhoben,
Mein Ato da und ſprach: „Nicht ſolche Opfer
Will ich, wie Du mir bringſt." — Mag's denn genug
Der Rache ſein!

(Cornelia mit Marco Lombardo und einer Volksmenge, welche mit
Aexten und Hämmern die Mauern des Thurms einzureißen beginnen, tritt auf.)

Cornelia (niederknieend).

Du sendest diese, Herr,
Und Deine Engel sind in ihren Reih'n!

Marco Lombardo.

Gott gebe, daß zu spät nicht Euer Stumpfsinn
Vom Schlaf erwacht sei! Ueber Alle sonst,
Die zur Befreiung der Gefang'nen ich
Vergebens lang gemahnt, kommt sein Gericht.
So recht! nur zu!

Cornelia
(die bisher mit Zeichen höchster Aufregung nach dem Thurm geblickt).

Die Thurmwand stürzt zusammen!

Marco Lombardo.

Nun aus den Angeln noch die Thür gehoben!
Rüstig, Ihr Burschen!

Cornelia.

Ja, Du gnäd'ger Retter,
Gott, Herr, die Meinen gibst Du mir zurück!
Schon wankt die Thür; sie sinkt; hinab zu ihnen!
(Cornelia und Marco Lombardo ab in den Thurm.)

Diener (eintretend).

Herr, seid Ihr's endlich? dringend sucht man Euch.
(Trompetenstöße hinter der Scene.)

Siebente Scene.

Ruggieri. Dann Ein Krieger. Später Ugolino. Marco Lombardo. Cornelia.

Ruggieri.

Was deutet das?

Ein Krieger (hereintretend).

Herr, waffnet Euch! Der Feind
Dringt in die Stadt.

Ruggieri.

Was sagst Du?

Ein Krieger.

Nun, der Feind,
Guelfo, der Sohn des Ugolin, erstürmt
Das Thor. Urplötzlich, da die Unseren
Sich nichts versah'n, wie durch ein Wunder stand
Ein Haufen der Belag'rer auf der Mauer,
Und hinter ihnen wogt und schwillt's heran,
Als wüchsen Krieger aus dem Boden auf.

Ruggieri.

Her meine Rüstung! her mein Schwert! Guelfo,
Der Sohn des Ugolin, sagst Du?

Krieger.

Er stand
Der Erste auf dem Wall.

(Die Diener waffnen Ruggieri.)

Ruggieri.

Schnell! soll ich mich
Wehrlos von einem Knaben schlachten lassen?
Auf! ihm entgegen! (Nach dem Thurme blickend.)

Weh! mir ist, als packte
Mich eine Riesenhand und risse mich
Zu Boden!

(Ugolino wird von Marco Lombardo und Anderen während der letzten
Worte Ruggieri's aus dem Thurm getragen. Cornelia wankt neben
ihm und sinkt, als die Bahre niedergesetzt wird, ohnmächtig an ihr nieder.)

Ruggieri (angstvoll).

Die Gefang'nen? Bringst Du sie?

Marco Lombardo.

Der Vater einzig lebt noch. Als uns drunten
Im Dunkel Sehkraft ward, sah'n wir ihn rückwärts
Gesunken, an das halberhob'ne Haupt
Die Faust geballt, das fast erlosch'ne Aug'
In starrem Jammer auf die Söhne heftend,
Die wie gebroch'ne Blüthen um ihn lagen,

Ach Blüthen, nicht vom schnellen Sturm geknickt,
Nein, langsam in der unbarmherz'gen Dürre
Dahingewelkt. Erst an des Gatten Brust
Sank Frau Cornelia, dann mit herzzerreißenden
Wehklagen — ach, wird sie es überleben? —
Auf ihrer Söhne Leichen.

   Ugolino (mit matter Stimme.)
      Theures Weib!
Muth! Fassung! —
(Auf Ruggieri's Wink bringt ein Diener dem Ugolino einen Becher.)
   Ruggieri.
   Her den Becher! — Trink und lebe
Und nimm die Last von mir, die fürchterlich
Auf meiner Seele drückt! Vergessen sei,
Vergeben Alles, was ich je von Dir
Des Bösen litt — nur lebe! (Pause).
      Ugolin,
Du schweigst?
   Ugolino (den Becher abweisend).
   Hinweg! — Von Leben sprichst Du mir,
Der Du erbarmungslos das Liebste mir,
Die Söhne, die Kleinode meines Herzens,
In grauenvollem Tode sterben ließest?
Hinweg! beschimpf mich nicht durch solch Begehren!
   Ruggieri.
Und wer hat meinen Ato mir erschlagen?
Blut war er meines Blut's, ein Theil von mir,
Wie sie von Dir. Die Blätter uns'res Schuldbuch's
Sind gleich gefüllt. So laß uns sie zerreißen!
   Ugolino.
Tief fühl' ich meine Schuld und will im Tod
Sie büßen. Doch in Glut gereizten Zorns
Riß mich zu jener vielbereuten That

Des Blutes Wallung fort; ein jäher Stoß
Der Hand, und aus war Alles; aber Du,
Mit kaltem Sinne mir der Meinen drei,
Die meines Lebens Pole waren, hast
Du langsam unter Qualen hingeopfert,
Wie kein Verdammter drunten selbst sie leidet,
Und theilen will ich ihr Geschick; das ist
Die einz'ge Tröstung, die mir übrig bleibt.

Ruggieri.
Noch einmal, Ugolino, wir sind wett!
Wenn Du au mir gefrevelt, ja, ich fühl's,
Reichlich vergalt ich's, und mein greises Haupt,
Dem Tode nah, erzittert von der Wucht
Verübter Missethat; nicht laß mit Deinem Fluch
Beladen mich vor Gottes Richtstuhl treten!
Zum Zeichen, daß Du mir verziehen hast,
Trink Leben aus dem Becher hier!

Ugolino.
Da droben
Erfleh' Vergebung Dir! Doch zwischen Dir
Und mir steh'n meiner Söhne bleiche Schatten
Und scheuchen, drohend ihre Hand erhebend,
Von meinen Lippen die Verzeihung fort.

Ruggieri.
Dein Wort tönt wie des Weltgericht's Posaune!

Ugolino.
Und leben sollt' ich, wo in Trümmer sank
Was werth des Lebens war? O einst zu eng
Schien mir die Ewigkeit für die Entwürfe,
Die ich im Herzen wälzte; hohe Plane
Umflatterten mein Haupt mit Adlerschwingen,
Und jede Stunde, um sie zu vollführen,

Hätt' ich mit meiner Seligkeit erkauft.
Doch nun zernichtet liegt die ganze Schöpfung,
Die herrlich schön vor meinem Geiste stand.
Mit ihr will ich zu Grabe geh'n. Ja, hätte
Der Schicksalssturm mein Werk auch nicht zu Boden
Geworfen, doch, ich fühl's, nicht mehr vollenden
Könnt' ich's; versiegt ist meines Geistes Kraft;
Der Asche einen Funken zu enthauchen,
Vermöchte selbst kein Gott. Laß ab von mir!
(Ugolino sinkt erschöpft zurück.)

Ruggieri.
Er stirbt!
(Ruggieri wankt erschüttert hinweg und läßt sich auf ein Mauerstück nieder.
Lanfranchi mit fliehenden Kriegern kommt über die Bühne.)

Lanfranchi.
Mag retten sich, wer kann! Als Sieger
Dringt in die Stadt der Sohn des Ugolin;
Gefallen ist Sismondi mit den Seinen. (Ab.)

Diener.
Hört Ihr das Rufen: Nieder mit Ruggieri!

Fliehende Krieger.
Flieht! Flieht! da kommen sie.
(Guelfo, Uppezinghi und andere Krieger treten auf.)

Achte Scene.
Vorige. Guelfo. Uppezinghi. Krieger.

Guelfo (sich über Ugolino werfend).
Er ist es! Vater,
Mein Vater! Allen Heiligen sei Dank,
Du lebst!

Ugolino.
Ein Lichtstrahl noch in meine Nacht!
Mein Sohn, geliebter Guelfo!

Guelfo.

                Ja Du lebst,
Du lebst! — Doch weh! gleich Todten liegt die Mutter.

Ugolino.

Bald aus der Ohnmacht wird sie neu erwachen.

Guelfo.

Und meine Brüder?

Ugolino.

              Frage nicht! da drunten
Im Thurme bittern Todes starben sie.

Guelfo.

Wo ist der Unhold, der sie hingewürgt,
Daß wie des Himmels Wetterstrahl mein Schwert ihn
Zu Boden strecke? (Zu Ruggieri.)
              Zieh und stirb, Verruchter!

Ugolino.

Laß ihn am Leben, Sohn!

Guelfo (nicht auf ihn hörend).

              Zieh, Schurke, sag' ich!

Ruggieri (sich aufraffend.)

Muß es denn sein, noch einmal werdet straff,
Ihr alten Sehnen!
(Wie er sein Schwert zieht, läßt er es wieder sinken und starrt Guelfo an.)
              Mensch! verstehst Du Zauber?
Nicht Einer, doppelt, dreifach, vierfach bist Du;
Aus Deinen Schultern wachsen neue Arme,
Mit Schwertern alle; über Deinem schießen
Die bleichen Häupter Deiner Brüder auf! (Er sinkt zurück.)

Ugolino.

Laß ihn! er lebe, aber schlimmer sei,
Als Tod, sein Leben, und als schneid'ges Schwert
Mag das Bewußtsein der verübten Unthat
Sein Herz zerfleischen!

Ruggieri.
Furchtbar ist die Last;
Die Du auf's Haupt mir legst — doch nein! der Himmel
Nimmt sie hinweg — am Herzen scharrt und wühlt
Ich fühl's, der alte Todtengräber schon.
Nur zu! grab tiefer, düst'rer Gesell!
Der schwarze Vorhang rollt herab — liegt Licht
Dahinter oder ewige Finsterniß?
Gott sei mir gnädig! (Er stirbt.)

Cornelia (erwachend.)
Sohn! Du einziger
Von Allen, der mir bleibt!

Guelfo.
Geliebte Mutter!
(Sie umarmen sich.)

Ugolino.
Für ihn, Cornelia, lebe Du! Mich haltet
Auf Erden nicht zurück! Ich will den Tod,
Um meines Lebens große Schuld zu sühnen.
Dich mahn' ich, Guelfo, wenn der Himmel Dir
Des Staates Lenkung gibt, der hohen Ziele
Sei eingedenk, die ich erstrebt, doch nicht
Gleich mir bau' in verweg'nem Wahn zu viel
Auf eigne Kraft! Nicht tritt im Ungestüm
Der Leidenschaft, magst Du auch Großes wollen,
Das heilige Gesetz der Menschlichkeit
Mit Füßen! Ueber unsern Häuptern walten —
Zu spät erkannt' ich's — unsichtbare Mächte,
Die ernst und streng ihr hohes Richtamt üben.
Ringt nach dem Höchsten auch der Menschenwille,
Nicht rütteln darf er an den ew'gen Schranken,
Die sie gesetzt — Mir wurde schwere Buße

Von ihnen auferlegt, weil ich's gethan —
Zu Ende geht sie nun — Lebt wohl! (Er stirbt.)

Marco Lombardo.

Er stirbt! Nun, alter Erdball, sink in Trümmer!
Nicht ehr'ner, unzerbrechlicher bist Du,
Als dieser war! Und sieh! gebrochen ist
In schreckenvollem Tod auch seinem Erzfeind
Das Auge, dem gewalt'gen Erzbischof!

Ein Hauptmann (eintretend, zu Guelfo).

Glanzvollen Sieg, Graf Guelfo Gherardesca,
Verkünd' ich Euch! Die ganze Stadt ist Euer
Und steht bereit, Euch Huldigung zu leisten.
Zum Ueberfluß zieht eben noch Eu'r Oheim
Guido de Montefaltro durch das Thor.

Marco Lombardo.

Sprecht nicht zu ihm! Der Schmerz verschließt sein Ohr
Für jede Kunde sonst; und legtet Ihr
Die ganze Welt als Königreich jetzt vor
Ihn hin, er blickte sie nicht an. Uns aber
Laßt zu des Domes heil'ger Friedensstätte
Die Todten bringen! Wie viel Muth und Kraft,
Rachsucht und Stolz, Ehrgeiz und kühnes Streben
Sind mit dem Leben dieser Zwei verlodert!
Hätten vereint in Liebe sie gewirkt,
Ein neues Morgenroth für diesen Staat,
Für ganz Italien wär' aus ihrer Herrschaft
Erblüht — in Haß entzweit, Unheil der Welt
Nun schufen sie und sich den Untergang.

(Der Vorhang fällt.)